गैरइरादतन हत्या
उर्फ मृत्युपूर्व का इक़बालिया बयान

गैरइरादतन हत्या
उर्फ मृत्युपूर्व का इक़बालिया बयान

संजीव

वाणी प्रकाशन

वाणी प्रकाशन

4695, 21-ए, दरियागंज, नयी दिल्ली 110 002

शाखा

अशोक राजपथ, पटना 800 004

फ़ोन : +91 11 23273167 फ़ैक्स : +91 11 23275710

www.vaniprakashan.in

vaniprakashan@gmail.com

GAIRIRADTAN HATYA
URF MRITYUPOORV KA IQBALIYA BAYAN
by Sanjeev

ISBN : 978-93-5072-972-4

Collection of Stories

प्रथम संस्करण 2015

मूल्य : ₹ 195

हर्ष प्रिंटर्स, दिल्ली-110 093 में मुद्रित

वाणी प्रकाशन का लोगो मक़बूल फ़िदा हुसेन की कूची से

समर्पण

एकता और इरा
तथा
निशान्त और दिव्य को

अनुक्रम

कहानी पहली कहानी की

पहली कहानी! किसे कहूँ अपनी पहली कहानी...? कहाँ मिलेगी? मिलना तो दूर, ठीक-ठीक याद भी बची है क्या उसकी कोई...? परेशान करने वाले सवालहैं ये।

जहाँ तक मुझे हल्का-हल्का याद है, मेरी पहली कहानी 'परिवर्तन' हस्तलिखित पत्रिका 'पल्लव' कुल्टी हिन्दी साहित्य सेवा समिति से आयी थी, इसी भाव-भंगिमा पर एक कविता भी लिखी थी—'क्यों हुआ आह ये परिवर्तन!' एक अछूत की पीड़ा उपजीव्य थी दोनों की। बीच-बीच में कॉलेज की वॉल मैगजीन। कॉलेज की प्रतियोगिताओं में पुरस्कृत होता रहा—'प्रीति की रीत', 'पतझड़', 'एक कहानी का प्लाट' आदि। लिखता रहा, छपता रहा। बाद में साया हुई कहानी 'कथा एक चिरकुमार की', बहुत बुरी नहीं थी मगर स्तरीय भी नहीं। कुछ गद्यगीतनुमा कहानियाँ भी लिखीं।

पहली प्रकाशित कहानी 'अपर्णा' थी। यह कहानी मेरे बगल के शहर बराकर से प्रकाशित 'परिचय' नामक लघु पत्रिका में आयी। आयी क्या लिखवायी गयी। मेरे वरिष्ठ मित्र रमाकान्त सात्विक, जो अब बड़ोदरा में रहते हैं और साहित्यिक जीवन से कब का संन्यास ले चुके हैं, ने ही अपने सम्पादन में यह पत्रिका शुरू की थी, कहानी लिखने को कहा, छापा भी। वह 1962 का जमाना था। मेरा गौना हुआ था। उम्र 16 वर्ष। मन रूमानियत से लबरेज पर पत्नी सान्निध्य से वंचित। उन दिनों मैं राम संजीवन प्रसाद हुआ करता था, 'पद्‌म' उपनाम भी।

किसी बड़ी पत्रिका में प्रकाशित होने वाली कहानी के पीछे भी रमाकान्त सात्विक जी का ही हाथ था। पत्रिका थी 'सारिका'। कहानी थी 'किस्सा एक बीमा कम्पनी की एजेंसी का'। वर्ष था 1976। इसके पूर्व दिनमान में विमर्श शुरुआत करने का श्रेय भी रमाकान्त जी को ही जाता था। वह जगह थी दिवंगत वरिष्ठ और अजीज मित्र नन्दलाल शर्मा की एलेक्ट्रिक रिपेयरिंग की दुकान की बेंच। नन्दलाल शर्मा—रमाकान्त जी और दो-एक मित्रों की गोष्ठी।

प्रारम्भ के प्रयास! प्रारम्भ की प्रेरणाएँ!

यह तो हुई हस्तलिखित, दीवाल पत्रिकाएँ और लघु पत्रिकाओं की बातें। किसी बड़ी पत्रिका में छपी पहली कहानी की कहानी भी कहानी से कम रोचक नहीं है। रोचक से ज्यादा हंगामाखेज!

जैसा कि मैंने पहले ही बताया, वह कहानी थी, 'किस्सा एक बीमा कम्पनी की एजेंसी का', पत्रिका थी सारिका, सम्पादक कमलेश्वर, वर्ष 1976 का नवलेखन अंक और इसके सूत्रधार रमाकान्त सात्विक। रमाकान्त जी एक बीमा कम्पनी के आर्गनाइजर हो चुके थे। मुझे उन्होंने फील्ड अफसर बना दिया ताकि हाथ में कुछ पैसे आ जायें और गरीबी दूर हो। पर मैंने 'फील्ड' में घमासान देखा तो तय किया कि फील्ड अफसरी तो बाद में पहले एक कहानी। यह एक व्यंग्य कथा थी। मेरे मित्र वीरेन्द्र कुमार राय, प्रद्युम्न शर्मा आदि ने इसे 'सारिका' में भेजने को कहा। नाम मैंने उस कम्पनी का जस का तस रखा था।

रमाकान्त जी को यह देखने को दी कि कहीं कोई कानूनी दिक्कत तो नहीं आयेगी। वे 10-15 दिन बाद भी नहीं देख पाये। यह पहली कहानी थी जो 'संजीव' के नाम से छपी, कारण 'संजीव' में 'संजीवन' लिखते-लिखते स्याही सूख गयी। रात के बारह बज रहे थे। सोचा कल भरेंगे स्याही, लिखेंगे 'न' पर 'न' नहीं जुड़ पाया फिर से।

'छप गयी! छप गयी!' कहानी के प्रकाशन की घोषणा करता पोस्टमैन मेरी लैब में दाखिल हुआ तो मन बल्लियों उछलने लगा। कभी सोच भी नहीं सकता था कि 'सारिका' में रचना छपेगी। नाम के मुतल्लिक कमलेश्वर जी ने कहा 'संजीव' ही रहने दो। इसके पूर्व कॉलेज के प्रिंसिपल भी मुझे संजीव ही कहते। सो साहब राम सजेवन प्रसाद में सजेवन से संजीवन, हट गये 'राम', हट गया 'प्रसाद', हट गया 'न'। कट पिटकर संजीव!

इस प्रकार मेरे राम संजीवन प्रसाद की पहली कहानी 'अपर्णा' और मेरे संजीव की पहली कहानी हुई 'किस्सा एक बीमा कम्पनी की एजेंसी का'। एक तरह से यह मेरा पुनर्जन्म था।

पर मेरा वह जन्म क्या जिस पर हंगामा न हो। बकौल पारसनाथ भ्रमर, "जिस दिन मेरा जन्म हुआ था, उस दिन शायद सूर्यग्रहण था। अभिशापों की भरी सभा में मेरा ही मंगलाचरण था।" कुछ लोग भूल से 'अपराध' को मेरी पहली कहानी मानने लगे हैं। 'अपराध' और 'आपरेशन जोनाकी' ये दो कहानियाँ नक्सल मूवमेंट से ताल्लुक रखती थीं सो पुलिस मेरे पीछे पड़ी। महीनों बाद किसी तरह शान्त हुए भाई लोग। जहाँ तक मुझे याद है, वरिष्ठ कवि अजित कुमार जी ने आश्चर्य प्रकट किया—तुम अभी तक जेल के बाहर कैसे हो? इस तरह 'पहली कहानी' के नाम से जुड़ी मेरी सारी कहानियाँ। बहरहाल।

बात चल रही थी 'किस्सा एक बीमा कम्पनी की एजेंसी का' के हंगामे की! चूँकि मैंने बिना सोचे-समझे कहानी में उस बीमा कम्पनी के मूल नाम को ही रख दिया था अतः कहानी छपते ही पश्चिम बंगाल में भूचाल आ गया। आये दिन घुड़कियाँ—धमकियाँ! पश्चिम बंगाल से 'सारिका' की सारी प्रतियाँ खरीद कर डम्प कर दी गयीं। मुझ पर मानहानि के मुकदमे की नौबत। आसनसोल के डिविजनल ऑफिस में मेरी पेशी हुई, आरोप लगे और बचने के लिए बीमा कम्पनी की एकमात्र पेशकश—मैं लिखित दे दूँ कि जो कुछ भी मैंने लिखा, वह झूठ है और बीमा कम्पनी के धवल पक्ष को सामने रखते हुए एक अन्य कहानी लिखूँ। मैंने कहा, "इस तरह तो मेरे लेखक की मौत हो जायेगी।"

"फिर हम तुम्हें किसी तरह नहीं बचा सकते।" डिविजनल मैनेजर ने कहा। मैं बड़े पसोपेश में। अन्ततः मैंने अपनी तकनीकी भूल के लिए खेद व्यक्त किया कि मेरी मंशा लोभ के आवर्त को व्यक्त करने की थी जो कि कहानी के इलस्ट्रेशन से भी स्पष्ट है, न कि बीमा कम्पनी को बदनाम करने की। उन्होंने कहा—इससे काम नहीं चलेगा। मगर मैं अपनी बात पर अड़ा रहा।

कम्पनी ने इसे ज्यादा तूल न देने में ही अपनी भलाई समझी और मुझ अनाड़ी को छोड़ दिया। इस तरह अकाल कवलित हुई मेरी बीसियों सतमासी, अठमासी कहानियाँ। इन्हीं के साथ-साथ यह भी शोध और उत्खनन का विषय है, कहाँ डम्प पड़े हैं, पश्चिम बंगाल में 'सारिका', अप्रैल 1976 के वे सारे अंक आज भी? बाद में कमलेश्वर जी को बताया तो हैरान रह गये।

अपर्णा

आधे घंटे के इन्तजार के बाद भी वह नहीं आती दिखाई दी तो उसका सब्र टूट गया। आखिर कोई कब तक यूँ गली के नुक्कड़ पर चोरों की तरह खड़ा रहे। कहीं वह गुजर तो नहीं गयी। इस रोड से जाती है ट्यूशन करने। गोल-सा मुखड़ा है, गोरा स्वस्थ शरीर और सबसे अधिक आकर्षक है उसकी चाल... सहम-सहम कर रखती है कदम वह... मन ही मन उस्मान की बतायी बात वह दुहराया गया। उसे तसल्ली हुई कि ऐसी लड़की अभी कोई गयी नहीं। एकाएक उसे खयाल आया, अगर किसी ने उसे इस तरह देखा तो...? पसीने की बूँदें चुभचुभा आयीं। झल्ला पड़ा अपने आप पर ही। उँह कैसा अटपटा दिमाग मिला है उसे भी। इतनी कातरता! इतनी जुगुप्सा!

एकाएक दिखाई पड़ी वह। बात ही बात में उसने देखा भी नहीं, वह काफी नज़दीक चली आयी थी। वह उस्मान की बतायी हुई बात से मन ही मन उस बढ़ती छाया का तारतम्य मिलाने लगा। सचमुच क्या ही सुहानी चाल है! चली गयी वह और वह सोचता-सोचता घर की ओर चला गया।

दूसरे दिन सुबह ही उस्मान के दरवाजे पर दस्तक देनी पड़ी। उस्मान देखते ही चहक पड़ा... क्या फँस गये पंछी के जाल में?

उसने झिझकते हुए कहा—"नहीं... यूँ ही।" अपने ज्ञान का रोब जमाते हुए उस्मान बकने लगा—"अपर्णा कोई ऐसी-वैसी लड़की तो है नहीं। मैट्रीकुलेट है पर ट्यूशन की कमी नहीं। तुम खुद एमएससी पास करके झख मार रहे हो। इतना सुन्दर रूप... ऐसी सुहानी चाल न होती तो कैसे मिल पाती इसे इतनी सारी ट्यूशनें!"

शशिकान्त ने कहा—"बात यह है कि मैं ऐसी सुन्दर आँखों का सान्निध्य नहीं चाहता। उन्हें छूना नहीं चाहता, बस यूँ ही मेरे सामने खड़ी रहे, देखता रहूँ निर्निमेष उसे।" मेरी उत्कण्ठा पर नैतिकता, शेखी और शर्म तीनों लदी हुई थी। मैं महात्मा की तरह प्रवचन देने लगा।

उस्मान–“मैं इतना भी नहीं समझता?” उस्मान ने मीठे तंज से मुझे जगाया।

शशिकान्त ने कहा–''तुम तो लगे 'बोर' करने।''

''ओह... सॉरी, कल रविवार है, परसों तुम्हारा उससे परिचय करा दूँगा।'' उस्मान ने चिढ़ाते हुए कहा।

“लेकिन कहाँ।”

“वेस्ट टाउन के फुटबाल ग्राउण्ड के पास थोड़ा रास्ता निर्जन है वहीं।” उस्मान ने बतलाया।

सचमुच सोमवार की शाम के ठीक पाँच बजे उस्मान उसे लिए हुए वहाँ आ पहुँचा। बगल का छोटा-सा तालाब गरम-गरम उसाँसें छोड़ रहा था दिन भर के तपन के बाद। ''अब आती होगी''–उस्मान ने कहा और फिर घड़ी देखी फिर आँखे मूँद कर कहा–''देखो आ रही होगी।'' घड़ी की सुई टिक-टिक करती काउण्ट डाउन गिना रही थी। ताज्जुब से शशि ने देखा। वह चली आ रही थी। मन ही मन वह कुढ़ गया उस्मान के अन्दाज पर।

ज्यों ही वह सामने आयी, उस्मान ने हाथ जोड़ कर नमस्ते किया फिर 'गाइड' के लिहाज से परिचय कराया–''आप हैं... मिस अपर्णा मुखर्जी और आप हैं मेरे दोस्त मिस्टर शशिकान्त। एमएससी हाल ही में किया है। आप से मिलना चाह रहे थे।''

अपर्णा ने शालीनता से हाथ जोड़ लिए ''नमस्ते। आप वेस्ट टाउन तो चल रहे हैं न? आइये रास्ते में बातें होंगी।'' अपर्णा ने कहा।

रोंगटे खड़े हो गये उसके। ऐसे भी कहीं जाया जाता है। लोग क्या सोचेंगे। शशि सोचने लगा। उस्मान की चुप्पी पर इस समय उसे बड़ा गुस्सा आ रहा था।

''नहीं फिर कभी मिलूँगा।'' किसी तरह बोल पाया वह। खैर! हँस पड़ी अपर्णा, ''अच्छा तो चलूँ।'' फिर सहमते कदम आगे बढ़ गये।

“कहो शशिकान्त, कैसी रही तुम्हारी शशि?”

“उँह!” ध्यान भंग हो गया उसका।

“कहीं गहराई में जाकर भूल मत जाना उस्मान को... भूलोगे भी तो भला कैसे! बनारस में मैंने क्या-क्या नहीं देखा। क्या-क्या नहीं सुना...? लोग शादी-शुदा होकर ख़ुदकुशी कर लेते हैं। उन एक-एक कोठों की सुगन्ध पर सौ-सौ बीवियाँ वारी जा सकती हैं। 'लाइफ' की 'फ्रेशनेस' तो वही हैं।'' और न जाने क्या-क्या बकता गया पागलों-सा उस्मान।

अपने स्कूल के मैथ टीचर जैनुल साहब का छोटा भाई होने के नाते उस्मान से कभी संकोच से बोलता भी न था शशि, पर इस समय क्या करता, बातें उसे भी अच्छी लग रही थीं। कुछ दिनों के बाद वह अकेले ही बाहर घूमने जाने लगा। शायद उस्मान का रहना कुछ अच्छा नहीं लगता हो अपर्णा को। अपर्णा से राह चलते भेंट

होती तो चिर-परिचित मधुर नमस्कार मिल जाता उसे। आखिर मुलाकात एक दिन एकान्त में हो ही गयी। ईस्ट टाउन के यूरोपियन क्लब के बगल वाले रोड से वह आ रही थी। उस दिन चिल्ड्रेन पार्क में एक फंक्शन था। इसी बहाने इन बंगलों की सैर करने निकला था। उसने मन ही मन भगवान का शुक्र मनाया। कितने एकान्त में मिली थी वह। उसे लगा उसकी साँस जोर-जोर से आने-जाने लगीं हों। हँसाते हुए 'नमस्ते' कहा अपर्णा ने।

''आप यहाँ से...?''

''हाँ... मिस्टर सरकार के यहाँ गयी थी, पर बीवी बच्चों के साथ वे आसनसोल गये हैं मार्केटिंग के लिए। और कहीं जाने का मन नहीं हुआ। चली आ रही हूँ... और आप?''

"यूँ ही चिल्ड्रेन पार्क की तरफ।"

"कोई जल्दबाजी है?"

"नहीं।"

"तो आइये, बैठा जाये" मशीन द्वारा काटी गयी घास पर बैठ गयी वह। शशिकान्त ने एक बार सरसरी निगाह से चारों ओर देखा और फिर आश्वस्त होकर बैठ गया।

"आपने कहीं एप्लाई किया नहीं?"

"किया है पर कॉल नहीं आया कहीं से।"

"ट्यूशन क्यों नहीं कर लेते?"

"कौन देगा? फिर यहाँ तो कुछ और भी चाहिए। क्वालिफिकेशन तो गौण है।"

वह चुप-सी रह गयी। उसका वार खाली गया।

"आपके पास तो काफी ट्यूशनें हैं।'' प्रसंग उठाते हुए वह बोला।

"हाँ।"

"आपको डर नहीं लगता अकेले बाबू क्वार्टर्स और बंगले में जाते हुए।"

"नहीं।"

"मिस्टर सान्याल और हलधर बाबू के यहाँ भी तो आप जाती हैं? उनके घरों में कोई औरत नहीं है चार महीने से।"

"हाँ।"

अपर्णा के इन संयमित उत्तरों से झुंझला गया शशिकान्त। उसके प्रश्नों के वृत्त उसे ही उलझा रहे थे। वे तो अपर्णा तक पहुँच भी न पाते थे, आखिर असन्तुलित हो बोल पड़ा–"अपर्णा जी आप के विषय में लोग क्या-क्या बोलते हैं–सिविलाइज्ड प्रॉस, ट्यूशन का बहाना लेकर अस्मत बेचती है। ऐसा क्यों करती हैं आप? क्या यह कलंक आपको अच्छा लगता है? आपकी मौरैलिटी डाउन नहीं होती?"

"उहूँ!"

शशिकान्त ताकता रह गया। उसे लगा उसका दिमाग शून्य हो गया है।

''शशि बाबू'' अपर्णा ने कहा–''यह भरा-भरा बदन, ये महकते कामी केश-गुच्छ, नशीली आँखें...जितना इनका उपयोग हो सके, कर लेना चाहिए। कब ये नष्ट हो जायेंगे, कोई ठीक नहीं।'' कहकर कहकहा मारकर हँस पड़ी वह। शशिकान्त को लगा उसकी आँखें धँस गयी हैं। चमड़े उधड़ चुके हैं और उसका कंकाल उसके सामने दाँत निकाले हँस रहा है। आहिस्ते, आहिस्ते यह अट्टहास फीकी मुस्कान बनता गया। कड़वाहट जैसे उसके गले में उतर आयी हो। और वह बहकती चली गयी। ''मुझे लेकर आप इतने पॅजेसिव क्यों हो रहे हैं–ऐं, दुनिया में, दुनिया को छोड़िये आपके इस अपने शहर में कितना कुछ हो रहा है, पता है आपको? ...कभी घर पर आइये गपियायेंगे खुलकर...'' वह हँस पड़ी।

"घर?"

"हाँ, घर, मैं हूँ और मेरी छोटी बहन सुपर्णा–बस्स!"

उस्मान सुनते ही परछाईं बन गया मेरी–"मैं भी चलूँगा तुम्हारे साथ।"

किसी रविवार की वह कोई उमस भरी सुबह थी जब उसके बताये पते पर दस बजते-बजते हम आ धमके। सच कहें तो इस दस बजने तक हमने खुद को बड़ी मुश्किल से रोका था। जल्द पहुँचना जल्दबाजी होती और देर करने से देर...!

दस्तक पर एक लड़की ने कपाट खोले, उसके सद्यः धुले लम्बे केश नीचे तक झूल रहे थे, डुप्लिकेट अपर्णा बिल्कुल वही चेहरा, वही आवाज, "कहिये, किससे मिलना है?"

"आप सुपर्णा हैं, अपर्णा जी की छोटी बहन?" मैंने नमस्ते करते हुए पूछा।

"जी, मगर आप...? आप मुझे जानते हैं।"

"जी, अपर्णा जी ने ही बतलाया था। हम उन्हीं से मिलने आये हैं।"

"मैं शशिकान्त हूँ, ये मेरा दोस्त उस्मान।"

कपाट बन्द कर घर के अन्दर चली गयी वह। कपाट दूसरी बार खुला तो इस बार अपर्णा थी, अभिवादन करने के बाद उसने कहा, "बहुत देर तो नहीं इन्तजार करना पड़ा आप लोगों को?"

"अरे, नहीं।"

"आइये।" कहकर परे हट गयी वह। हम अन्दर दाखिल हुए। इस बार कपाट बन्द नहीं हुए।

छोटे कमरे का आँगनों वाला छोटा क्वार्टर साधारण-सा। एक चौकी, दो कुर्सियाँ।

हम कुर्सियों पर बैठकर अन्दर का मुआयना करने लगे।

"आप दोनों बहनें अकेली रहती हैं यहाँ?"

"हाँ, क्यों?" उसने पूछा।

"परिवार के और लोग?"

"मैट्रिकुलेशन में थी तभी बाबा कहीं चले गये, फिर लौटे नहीं। माँ पहले ही..."

"ओह, क्षमा करेंगी।"

शहर के इस छोर पर अकेली रहती दो बहनें। ...कैसी तो एक नामालूम-सी उदासी ने मुझे आ घेरा। उसकी चाय पीते-पीते मेरे अन्दर का उदात्त नायक खुमारी झटककर खड़ा हो गया। उस्मान का भी। मैंने पूछा, "क्या हम आपकी कोई सहायता कर सकते हैं?"

"अरे, नहीं" उसने अपने केश झटके। और मेरा नायक झटके खा गया। "नहीं, नहीं अपर्णा जी, शरमाइये बिल्कुल नहीं। यह तो हमारा फर्ज है।" उस्मान ने कहा।

"मैं अपनी और अपनी बहन की जरूरतों को अपने ट्यूशनों से पूरा कर लेती हूँ। वैसे एक प्राब्लम तो है। वह थर्ड ईयर में है साइन्स में, वैसे तो बहुत ही ब्रिलिएंट है बस केमिस्ट्री में एक ट्यूशन देनी है एक महीने के लिए। बट आय विल मैनेज एनी हाउ।"

"उसकी क्या जरूरत, शायद मैं कोई काम आ सकूँ, जरा मुझे देखने देंगी।"

"सुपर्णा जरा अपनी केमिस्ट्री लेकर आओ तो।" उसने कहा। सुपर्णा फिजिकल केमिस्ट्री की किताब लेकर आ गयी, नाइटी में थी। नहाकर आयी ज्यादा तरोताजा...

"आइये बाहर चलें, गुरु-शिष्य को समझने-बूझने दीजिये। मैंने उस तरफ कुछ पौधे लगा रखे हैं फूलों के... उन्हें देखते हैं।"

हम दोनों हट गये। वे दोनों रह गये।

मैं उसकी भविष्य की योजनाओं पर बात करना चाह रहा था, बात क्या, उसके वर्तमान और अतीत की परतों को उकेरना चाह रहा था। वह एक रंगिणी नायिका-सी मेरे ऐन बगल में थी—फूलों-सी खिली हुई। मैं फूलों को नहीं उसे देख रहा था। वह मेरे जीवन के आनन्द भरे क्षण थे। बाहर कुछ एक औरतें ताक-झाँक करने लगी थीं। तभी अन्दर कुछ खटका हुआ वह तेजी से घर के अन्दर भागी। पीछे-पीछे मैं भी।

अन्दर किताब खुली हुई थी। सुपर्णा रो रही थी। उस्मान उसे चुप करा रहा था। अचानक मुर्गी की तरह चीखकर उठी और बहन के गले से लिपट गयी—"दीदी!"

"आपने क्या किया इसे?" अपर्णा का तेवर बदल गया। अब वह रणचण्डी थी, "निकल जाइये दोनों आदमी। अभी इसी वक्त! वेश्या मैं हूँ, मेरी बहन नहीं।"

हिटलर और काली बिल्ली

वर्षों 'ना'-'ना' करने के बाद शिवानी ने अन्ततः 'हाँ' कर दी थी। चालीस के क्रिटिकल मोड़ पर 'हाँ'! चलो, देर आयद दुरुस्त आयद।

पहली बार खुद को आईने के सामने खड़ा कर गौर से निहारा कुँवर वीरेन्द्र प्रताप ने—दुधिया गोराई, नुकीली नाक, चौड़ा मस्तक, लम्बे कान! अंग-अंग साँचे में ढाला हुआ—सुडौल और सन्तुलित। वैसे कद तनिक और ऊँचा होता, आँखें तनिक और नीली और नाक तनिक और नुकली तो अच्छा होता। पंजों के बल उचके, उँगलियों से नाक को दबाया फिर आँखों को एक विशेष कोण से देखा तो नीली नज़र आयीं। खुश हो गये। उन्हें यकीन हो गया कि वे शुद्ध आर्य नस्ल के हैं और हल्का-फुलका-सा जो भी विचलन है, वह महज भौगोलिक है। अब रहीं पत्नी शिवानी तो उन्होंने खुद ही देख-सुनकर उनका चयन किया था। हजारों में... न न... हजारों नहीं, लाखों में एक। विशुद्ध आर्य कन्या! ऐसे में उनकी भावी सन्तान का उनकी प्रत्याशाओं के अनुरूप न होने का सवाल ही पैदा नहीं होता। यह सब सोचते हुए उन्होंने एक विजयी मुस्कान खुद के अक्स पर उछाल कर आँखें मटकायीं और अँगूठा तानकर जीत का संकेत देते हुए मगन मन पूछा—"कहो, कब पधार रहे हो छोटे कुँवर साहब?"

यह पहला दिन था।

फिर दूसरा...

फिर तीसरा...

जब से शिवानी ने उन्हें यह शुभ संकेत दिया था, आईने के सामने खड़े होकर अपने भावी शिशु के रंग-रूप की कल्पना करना उनकी दिनचर्या में शामिल हो गया था।

वह अमेरिका के न्यू जर्सी इलाके में एक निजी फर्म के सी.ई.ओ. थे। शिवानी वहाँ किसी बैंक में थीं। कामलायक कुछ दौलत इकट्ठी हो गयी तो वतन याद आया।

और जब वतन याद आया तो वतन से दूर होने की वजह से कुछ ज्यादा ही वतन परस्त होते गये—इसकी प्राचीन गरिमा, इसकी संस्कृति, भाषा, आचार-विचार सब ... तर्कों पर रीझते-सीझते खुद को एक मुकाम तक ले ही आते और वह मुकाम होता—शुद्ध आर्य रक्त! आर्यों के बारे में चर्चा करना, उनका लिटरेचर जमा करना उनका प्रिय शगल बनता गया। हालाँकि ऐसा करते हुए कभी-कभी चीजें किसी निश्चित निष्कर्ष पर न पहुँच पातीं, गड्ड-मड्ड हो जातीं। कभी-कभी कन्फ्यूज्ड हो जाते। इससे उबरने के लिए इधर उन्होंने एक नया तरीका निकाला है। अब वे उपलब्ध जानकारियों से छाँट-छाँट कर उन्हीं अंशों को रखते जो उनकी स्थापनाओं से मेल खातीं, जो बहुत कुछ इस प्रकार की होतीं—"आर्य कहीं बाहर से नहीं आये थे। उनका मूल-निवास भारत ही था—सिन्धु घाटी के आस-पास पंजाब, हरियाणा, राजस्थान तथा पश्चिमी उत्तर प्रदेश। यहाँ से वे ईरान, जर्मनी और शेष यूरोप में फैले। आर्य नस्लीय रूप से श्रेष्ठ होते हैं, श्रेष्ठ ही नहीं, सर्वश्रेष्ठ! उनका ब्लडग्रुप सामान्यतः ए-पॉजिटिव होता है।" यह संज्ञान उन्हें आस-पास के लोगों से खुद को ऊँचा उठा देता। अब अगर श्रेष्ठ हैं तो श्रेष्ठ दिखना भी चाहिए, सो कीड़ों-मकोड़ों की तरह रेंगते अपने बदहाल रिश्तेदारों से उन्होंने कब का किनारा कर लिया था।

"डॉक्टर के पास चलें?" उन्होंने शिवानी से पूछा।

"तनिक रुक जाओ। नवरात्र शुरू होने जा रहे हैं। रामनवमी को चलेंगे, शुभ दिन है।" पत्नी ने उत्तर दिया।

"ओ.के. डार्लिंग।" उन्होंने प्रशंसा भरी नजरों से पत्नी को देखा, "वैसे तुम इस मायने में बहुत समझदार पत्नी हो। न जल्दबाजी की, न देरी। पैसे कमाने की धुन में बच्चे के प्रस्ताव को हमेशा टालती रही—इत्ती जल्दी बाल-बच्चों के बन्धन में कैद होकर रह जाना मुझे गवारा नहीं। फिर सही समय पर मान गयी। राइट थिंग्स इन राइट ऑर्डर!"

डॉक्टर ने थॉरो चेक-अप किया, फिर मौन हो गये। कुछ बोलते क्यों नहीं? एक-एक पल उन्हें एक-एक युग-सा भारी लग रहा था।

"क्यों सब ठीक तो है डॉक्टर!" उन्होंने डरते-डरते पूछा।

"वैसे तो सब ठीक है, बस जरा-सी दिक्कत है। ये दवाएँ लेते रहें, वह भी दूर हो जानी चाहिए। तब तक वेट कीजिये।"

"पर दिक्कत है क्या?"

"फेलोपियन ट्यूब में हल्की-सी स्वेलिंग है।"

लेकिन दिक्कत दूर नहीं हुई। अगली बार डॉक्टर ने सैम्पल लेकर बायप्सी के लिए भेज दिया और कहा, "फेलापियन ट्यूब संकरी होती जायगी फिर चोक्ड!"

"क्या कहते हैं सँकरी...?"

"हाँ" बताया न एक गाँठ है, अगर वह गल जाती तो...! लेकिन..."

"लेकिन क्या?'

"देखिए कोशिश तो कर रहे हैं, मगर..." डॉक्टर ने रुककर उसकी आँखों में झाँकते हुए पूछा, "एक बात पूछूँ मिस्टर प्रताप, आप गॉड में विश्वास रखते हैं?"

'बिल्कुल।'

"तो प्रार्थना कीजिए और सब-कुछ उस पर छोड़ दीजिए। अगर यह गाँठ गली नहीं और मासिक रुक गया तो लम्बे जटिल ट्रीटमेंट में जाना पड़ेगा और फिर बायप्सी की रिपोर्ट तो है ही।"

चेहरे के रंग उड गये पति-पत्नी के।

उस दिन से नहा-धोकर 'हनुमान चालीसा', 'संकट मोचन' और 'रामचरित मानस' का पाठ शुरू किया उन्होंने। दिन पर दिन बीत रहे थे। घड़ी की चुक-चुक पर चुक रहा था धैर्य—और एक दिन मानस की एक चौपाई पर अटकने लगा पाठ...

"एक दिवस भूपति मन माहीं
भइ गलानि मोरे सुत नाहीं।"

हालाँकि सारी क्रियाएँ अपनी गति से चल रही थीं मगर एक चौपाई एक दूसरी ही गाँठ बनकर उनके कण्ठ पर बैठ गयी—अगर निस्सन्तान ही रह गये तो...? डॉक्टर ने कहा, "वैसे तो ट्रीटमेंट चल ही रहा है, पर आप रिस्क क्यों ले रहे हैं। कब्ल इसके कि डिम्ब का आना बन्द हो जाये, आप दूसरे विकल्पों की ओर स्विच ओवर क्यों नहीं कर लेते?"

"दूसरे विकल्प, यानी...?"

"टेस्ट ट्यूब थिरैपी!"

टेस्ट ट्यूब का नाम आते ही दम्पति को साँप सूँघ गया। कभी सोचा भी न था कि इसकी नौबत आयेगी।

"आप चौंक क्यों गये टेस्ट ट्यूब बेबी के नाम पर?"

"मुझे यह निहायत गलीज़ लगता है।"

"अरे नहीं, अब तो यह आम होता जा रहा है। वह बच्चा भी तो आपका और आपकी मिसेज का ही होगा। फर्क सिर्फ इतना होगा कि वह पलेगा किसी और की कोख में।"

"किसी और की कोख में? किसी और की यानी कि...?" उन्हें अचानक ही कई चेहरे याद आये—मोलैटोज! भद्दे वर्णसंकर! एक चेहरे के नीचे कितने-कितने चेहरे, परत-दर-परत उकेरते जाइए, अन्त नहीं होगा कि मिलावट कहाँ तक गयी है, बाप रे, वे गन्दी औरतें होंगी, उनके बच्चे की सरोगेट मदर। उन नापाक, गन्दी

कोखों में पलेगा उनका आर्यवंशीय छोटा कुँअर...?

डॉक्टर की आवाज पर उनका ध्यान टूटा, "यहाँ सरोगेट मदर्स बहुत ज्यादा चार्ज करती हैं, आप क्यों नहीं अपने देश इंडिया चले जाते हैं—वहाँ सस्ती भी हैं और शुद्ध भी। यहाँ से काफी लोग इण्डिया जाते हैं—लाख-दो-लाख इण्डियन करेंसी हाथ पर रखिए, और किसी कोख में अपना भ्रूण सुरक्षित रखकर हाथ झाड़ लीजिये।'

"ऐण्ड व्हाट एबाउट द बायप्सी टेस्ट रिजल्ट?"

"अरे आप को बताया नहीं, ओ सॉरी! अनफॉरचुनेटली रिजल्ट तो पॉजिटिव है।"

दम्पति उदास हो गये।

डॉक्टर बोले, "बट डोन्ट वरी। कैंसर का प्रारम्भ है। जितनी जल्दी ट्रीटमेंट शुरू कर देंगे, उतनी जल्दी क्योर हो जायेंगी।"

'पौरत थका थाह जनु पाई!' कुँअर वीरेन्द्र प्रताप के मन को थोड़ी राहत मिली। दो-दो खबरें सुकूनदायी थीं, एक तो शिवानी का कैंसर प्राइमरी स्टेज पर ही डिटेक्ट हो गया और वह ठीक हो जायेगी। दूसरे किराये की कोख से जो बच्चा होगा, वह उन्हीं का होगा। इसे यूँ माना जा सकता है जैसे उनका छोटा कुँअर कुछ दिनों के लिए बोर्डिंग में पढ़ने गया हो। बहुत दिनों के बाद मुर्झाये चेहरे पर रौनक आयी। बहुत दिनों के बाद एक बार फिर आईने के सामने खड़े हुए। उन्हें लगा, कद तनिक छोटा होने लगा था, नाक तनिक मोटी और आँखें तनिक ब्लैकिश! उन्होंने उचकते हुए टीप-टाप कर इन्हें ठीक किया। हाँ, अब ठीक है। वे आर्य हैं तो आर्य जैसा दिखना भी चाहिए।

पुत्र की कामना! अमेरिका में बसो या पुरखों की धरती भारत में, एक बेटा तो चाहिए ही चाहिए। तर्पण कौन करेगा, मुखाग्नि कौन देगा मरने पर?

चक्रवर्ती राजा दशरथ तक इस दुःख से मुक्त न हो सके, फिर उनकी क्या विसात!

अचानक एक नये अभिज्ञान पर वे चौंक उठे, वहाँ भी सम्भवतः टेस्ट ट्यूब या ऐसी ही किसी वैज्ञानिक पद्धति से पुत्र पैदा किये गये होंगे। राम, लक्ष्मण, भरत, शत्रुघ्न ही नहीं, हनुमान, युधिष्ठिर, अर्जुन, भीम... और भी कितने! अपना देश, ज्ञान-विज्ञान में सदा से अग्रणी रहा है। हमने सिर तक ट्रांसप्लांट किये हैं। 'एज' तक ट्रांसफर की है, मनी-मैटर्स की तरह। ययाति...! पश्चिम तो आज कर रहा है, उन्हें हमने कब का कर के रख दिया है—यह सब सोचते हुए उनका मन रूए की तरह हल्का होकर आकाश में उड़ने लगा। उन्होंने चटपट मुम्बई के गाइनोकोलोजिस्ट डॉक्टर मित्र प्रसाद से सम्पर्क किया। डॉक्टर ने उन्हें आश्वस्त करते हुए कहा—"तुम सारा कुछ मुझ पर छोड़ दो। भ्रूण भी मैं ही बनाऊँगा, सरोगेट मदर भी मैं ही ढूँढ़

दूँगा और ट्रांस्प्लांट भी मैं ही कर दूँगा। तुम बस इतना करो कि जितनी जल्दी हो, भाभी को लेकर चले आओ एक माह की छुट्टी लेकर मेरे पास। तुम अपना काम करके ठाठ से जाकर बैठो अमेरिका में, यहाँ किसी की कोख में पलता रहेगा तुम्हारा बच्चा। डेलीवरी पर आकर ले जाना। उन्होंने 'एक फूल दो माली' का एक गीत अपनी भोंडी आवाज में पेश किया–

तुझे सूरज कहूँ या चन्दा,
तुझे दीप कहूँ या तारा,
मेरा नाम करेगा रौशन,
जग में मेरा राजदुलारा।

कुँअर साहब को उनका भोंडापन पसन्द भी आया।

मुम्बई पहुँचकर फिर परीक्षण-निरीक्षण का दौर-दौरा शुरू हुआ। कुँअर साहब बार-बार घड़ी देख रहे थे। "क्या बात है, कुछ परेशान-से लग रहे हैं", डॉक्टर ने पूछा।

"अरे वो सरोगेट वाली औरत! तुम जानो, सारा दारोमदार उसी पर है। अगर वो ऐरी-गैरी मिली तो यहाँ आना ही बेकार हो जायेगा। यह सब तो वहाँ भी हो जाता, प्राब्लम थी तो बस एक ही, सरोगेट मदर की।" डॉक्टर ने सिर हिलाया और अन्दर चले गये। थोड़ी देर बाद हाथ से दस्ताने निकालते हुए बाहर आये, बोले "वो रही तुम्हारे बेबी की सरोगेट मदर–देख लो।"

वीरेन्द्र दम्पती ने उस औरत को देखा, गोल चेहरा, गोरा, एक दो काली-काली चित्तियाँ, चेहरे पर दीनता की झाइयाँ... आयु 25-30 की लग रही थी।

"पसन्द आयी?" डॉक्टर ने धीरे से पूछा, जैसे सरोगेट की नहीं, शादी की बावत पूछ रहे हों।

"यह किस जाति की है?" वीरेन्द्र प्रताप ने प्रतिप्रश्न किया।

"पानी पियो, पानी। जाति बाद में पूछना। भाभी की जो हालत है, तुम वेट नहीं कर सकते। तुम्हें तत्काल चाहिए थी। शुद्ध भी और सस्ती भी। तो बस रिलैक्स करो।" डॉक्टर ने कन्धे दबाये, "फकत दो लाख देने हैं, दस लाख भी देते तो ऐसी लड़की न मिलती इतनी जल्दी, हाँ!..."

"नाम?"

"शेइला!"

"ये कैसा नाम है?" वे भीतर ही भीतर गुर्राये मगर प्रकटतः चुप रहे।

औरत ने उठकर पति-पत्नी को प्रणाम किया।

"तुम हमारे बच्चे की दूसरी माँ होगी।" वीरेन्द्र प्रताप ने कहा।

"जी...? जी!' औरत हकलायी।

"क्यों?"

औरत घबराकर डॉक्टर का मुँह देखने लगी।

"अरे यार इसे पैसे की जरूर है और क्या! इसका हसबैंड बीमार रहता है। दवा करानी है।"

"कौन सी बीमारी?"

"लीवर में कुछ प्रॉब्लम है! अब ये मत पूछना कि यह क्या बीमारी है कि छूत की तो नहीं है। यह सब पूछकर भड़का दोगे। बड़ी मुश्किल से तैयार किया है इसे। अगर गरीब न होती और पति बीमार न होता तो ऐसी औरत तैयार न होती इस काम के लिए...।"

"बस एक बात और?"

"क्या?"

"इसका थॉरो चेक अप कर लिया है?"

"हाँ, हर तरह से फिट है।"

"बाल-बच्चे?"

"अभी नहीं है।"

"चन्द एक सवाल और!"

"उफ, तुम न! पूछ लो।"

"मेरा बेटा हर तरह से सेफ तो रहेगा?"

"हंड्रेड परसेंट!"

"कोई ऑब्जेक्शन तो नहीं होगा इसके हसबैंड को?"

"उसी के लिए तो लीगल फारमैलिटीज हैं। एक लाख अभी देना है, एक लाख डेलीवरी के बाद बच्चा लेते समय।"

औरत में वीरेन्द्र दम्पति का भ्रूण स्थापित करने के बाद डॉ. प्रसाद ने कहा—"अब आप लोग हमारी तरफ से बेफिक्र होकर जाइए, मिसेज का ट्रीटमेंट कराइए और वे स्वस्थ होकर बाकी एक लाख देकर नौ महीने में अपना बच्चा ले जायें।" डॉ. ने ऑर्डर एंड सप्लाई करने वाले एक कुशल बिजनेसमैन की तरह मामले की विश्वसनीयता और उसकी शर्तें बता दीं।

"सृष्टि! पुत्र जन्म! वंश-गरिमा का प्रतीक कुल दीपक! इतनी महत्त्वपूर्ण बात को कितनी बाजारू भाषा में बोल रहा था डॉक्टर! गधा कहीं का!" उनका आर्यवंशीय रक्त उबाल खाते-खाते बचा। वक्त-वक्त की बात है। हालात को देखकर इससे बेहतर कुछ और होना सम्भव भी न था। यह सोचकर खुद को तसल्ली दी। दम्पती अमेरिका लौट गये। शिवानी की कीमोथिरेपी शुरू हुई। घर में 'मानस', 'हनुमान चालीसा', 'संकट मोचन' के साथ-साथ कुछ और प्रार्थनाएँ जुड़ गयीं। फर्म प्रॉफिट

की नयी बुलन्दियाँ छलाँगने लगी थी। डॉक्टर से अक्सर हाल-हवाल मिल जाता बेबी के ग्रोथ का। सब-कुछ ठीक-ठाक चल रहा था। देखते-देखते नौ महीने बीत चले।

निश्चित तिथि के एक सप्ताह पूर्व कुँअर दम्पती अपना बच्चा लेने मुम्बई आ पहुँचा और दूसरे ही दिन नर्सिंग होम...!

"सब कुछ ठीक-ठाक तो है डॉक्टर?" कुँअर साहब ने आते ही सवाल किया।

"एकदम ठीक-ठाक! एडमिट कर लिया है अभी घण्टे-दो-घण्टे में डेलीवरी हो जानी चाहिए।"

"लड़का है या लड़की?" उत्कण्ठा का ज्वार!

"बस दो घण्टे में पता चल जायेगा।"

"तुम तो सोलहवीं शताब्दी की भाषा बोल रहे हो।" वे तिड़क उठे, "मैंने जब-जब पूछा, टालते रहे।"

"कौन-सी भाषा सुनना चाहते हो? मेल या फिमेल—इसमें तो न आप लोगों के लिए करने का कुछ बचा था, न मेरे लिए।"

"फिर भी।"

"बेटी है।"

"उफ!" कुँअर वीरेन्द्र प्रताप का मुँह जैसे असह्य वेदना से भर उठा। "आज तक हमारे खानदान में बेटी नहीं हुई।"

"बेटी ही सही, कहीं मुझे कुछ हो हवा गया तो...मरने से पहले मैं अपने सन्तान का मुँह दूख लूँ, बस्स।" शिवानी ने एक गम्भीर आशंका से उनके विचलन पर लगाम लगायी।

घण्टे भर में नर्सिंग होम में अन्दर से इंटरकाम पर सूचना आ गयी। डॉक्टर ने बनावटी मुस्कान चेहरे पर थोपते हुए कहा, "बधाई हो, आइए, अपनी बेटी को देख लीजिये।"

"नो!" नवजात शिशु को देखते ही कुँवर वीरेन्द्र प्रताप चीख उठे। वह लाल मांस का एक भद्दा-सा लोथड़ा थी—"यह तो काली है।" शिवानी को तो मूर्च्छा ही आ गयी। दौड़ कर नर्सों ने सँभाला। दोनों में से किसी ने भी उस औरत के चेहरे की ओर नहीं देखा जिसने बेटी को जन्म दिया था।

"एक तो लड़की उपर से काली!" कुँवर साहब की कराह!

डॉक्टर ने जैसे कुछ सुना ही नहीं, अपने कमरे में चले गये।

हेड नर्स आयी और व्यस्त कारोबारी भाव से बताने लगी, "मिस्टर प्रताप, इस औरत को एक लाख देकर सात दिन बाद अपनी बेटी को ले जाइए। हम आपको कुछ प्रिकाशंस लिख देंगे। यू विल हैव टु फॉलो इट। सर, वन लैक...।"

“नो! न मैं पैसे दूँगा, न इस काली-कलूटी को ले जाऊँगा।”

“ऐसा मत कीजिये सर। इसका हस्बैंड बीमार है। बहुत ही गरीब और नीडी है यह ज्यू औरत!”

“क्या कहा ज्यू...?” जैसे पाँव के नीचे बिच्छू आ गया हो। अन्दर ही अन्दर रो पड़े, “अभी यह दिन भी देखना बाकी था, मेरी बेटी, पले यहूदी की कोख में!” पर प्रकटतः कुछ बोले नहीं।

“सर आप नाहक परेशान हो रहे हैं। बेटी तो सौ फीसदी आप ही दोनों की है, इसने अपने कोख में इसे नौ माह रखकर अपना खून देकर इसे बड़ा भर बनाया; जिसे आना है वह तो आ चुकी, इसे न हम लोग रोक सकते थे, न आप लोग, न ये औरत।”

“यह एक धोखा है, सिर्फ एक धोखा! तुम्हें दूसरी कोई औरत नहीं मिली?” डॉक्टर लौट आये थे।

“नहीं मिली।” डॉ. प्रसाद ने तुर्की-ब-तुर्की जवाब दिया।

“लेकिन ये हमारी बेटी हो हो कैसे सकती है? मैं गोरा, शिवानी गोरी... ना! यह दूसरे की सन्तान है।”

“तुमने मेंडल साहब की लॉ पढ़ी होगी, आनुवांशिकी की। तुम लोग गोरे हो तो तुम दोनों के मातृपक्ष या पितृपक्ष में कोई काला रहा होगा।”

“हेल टु युओर मेंडेल! मेरी और शिवानी की चौदह पीढ़ियों में कोई काला न रहा होगा।” वे बरस पड़े।

कहानियों के साथ अक्सर यूँ होता है कि आप उन्हें दफनाकर उनके ऊपर टनों मिट्टी डाल कर निश्चिन्त हो जाते हैं कि चलो किस्सा खत्म हुआ मगर एक दिन आप पाते हैं कि वर्षों बाद कहानी अपनी कब्र से निकली आ रही है। वह बोलती है तो उसकी बातों से धूल झरती है, ताकती है तो उसकी पलकों से..., चलती है तो उसकी चाल से...!

इस कहानी के साथ भी यही हुआ।

बारह वर्षों बाद...।

मुम्बई के बाहरी क्षेत्र की एक मलिन यहूदी बस्ती! चारों ओर गन्दगी और विपन्नता का आलम! कुछ बच्चे एक गन्दे नाले के बगल क्रिकेट खेल रहे थे कि बॉल नाले में गिरा और छींटे उस अजनबी प्रौढ़ पर, जो मलिन लोगों की मलिन बस्ती के बीच कुछ सोचता चला जा रहा था।

एक टपरे के सामने आ खड़ा होता है अजनबी। चौखट पर एक चालीस-बयालिस

की औरत सुई में धागा डालने की कोशिश में बेहाल हुई जा रही है।

''आप...?'' औरत ने मिचमिचाती आँखें उस पर टेक दीं।

''मेरा परिचय जानकर आप खुश नहीं होंगी।'' आगन्तुक तनिक ठिठका फिर बोला, ''याद है, किन्हीं कुँअर वीरेन्द्र प्रताप की बेटी की सरोगेट मदर बनकर आपने एक बेटी को जन्म दिया था...। और उसने उस बेटी को ले जाने से इनकार कर दिया था...? डॉक्टर्स भी जिसे बाध्य नहीं कर पाये, अदालतें भी... उसके पास पैसा था। तब का फरार मुजरिम आज खुद सरेण्डर करने आया है।''

''लेकिन...।''

''मैं वही कुँअर वीरेन्द्र प्रताप हूँ।''

औरत ने गहरी साँस ली फिर सुई-धागे को प्लास्टिक बॉक्स में रख दिया।

"मैं अपनी उस भूल का प्रायश्चित्त करने आया हूँ—बेटी को ले जाने..."

वे ऐसे वक्ता थे जिनका कोई श्रोता न था, मगर वे बोले जा रहे थे और उन्हें बोलते जाना था... ''ग्रोथ दोनों तरफ हुआ मैडम—दोनों तरफ। इधर आपके आश्रय में मेरी बेटी बड़ी होती रही, उधर मेरी दौलत बढ़ती रही, विधि का विधान। एक ग्रोथ मेरी पत्नी का भी था कैंसर का ग्रोथ! मैंने करोड़ों डालर कमाये मगर मेरी पत्नी शिवानी का ग्रोथ ठीक नहीं हुआ। मैंने पैसा पानी की तरह बहाया, मगर कैंसर ले ही गया उनको।''

''बारह साल पहले की बात! मैंने तबसे सन्तान पाने के लिए तीन-तीन शादियाँ की—तीन-तीन। दो जर्मन, एक रशियन महिला से मगर कोई औरत मुझे सन्तान न दे सकी। फिर सवाल गोद लेने का आया। मुझे किसिम-किसिम के लड़के दिखलाये गये, लड़कियाँ भी। सुन्दर भी, साधारण भी। मेरी अपनी बेटी अपने देश में मारी-मारी फिर रही है और यहाँ मैं जाने किस-किस की जायज-नाजायज औलादों में अपने लिए सन्तान चुन रहा हूँ। मुझ पर धिक्कारें बरस रही थीं। मेरे अपने कृत्य के लिए कोई क्षमा नहीं होनी चाहिए थी, न हुई ही,'' वे तनिक ठमके, फिर बोले ''अब रहा बदला!'' वे इस अकेले शब्द के बोझ से इस कदर दबे हुए-से लगे कि हाँफने लगे! बोले, ''मगर आपने बदला मेरी बेटी से लिया—यह ठीक नहीं किया।'' उन्होंने टिशू पेपर से छींटों को साफ करने की कोशिश की, फिर बुझे मन से बोले, "खैर जो हुआ, हुआ, मैं अपने पाप का प्रायश्चित्त करने आया हूँ। मेरी बेटी मुझे वापस कर दें चाहे जितनी चाहे, उतनी कीमत ले लें। प्लीज मैडम!''

''मुझे माफ करें, सर, मिस्टर...।'' वह अटक रही थी।

''कुँअर वीरेन्द्र प्रताप...'' वीरेन्द्र प्रताप ने वाक्य पूरा किया।

"बदला! वैसा गाली तो हमारा हसबैंड ने भी कभी नहीं दिया हमको। हम आप से बदला ले रहा है? थू!... और किस कीमत का बात करता आप? इसका

जो कीमत हमको चुकाना पड़ा है, उससे भी ज्यादा...?"

वह दूर कहीं देख रही थी, पर वास्तव में कुछ भी नहीं देख रही थी। उसके उदास चेहरे पर कोई उदास मुस्कान खिल रही थी ज्यों घटाटोप अँधेरे में बादलों के सूराख से कोई किरण झरे और धरती का एक छोटा-सा-टुकड़ा झुलस उठे... ऐसे कि देखकर डर लगे। वह धीरे-धीरे रुक-रुककर बोल रही थी, शब्दों को खींच-खींचकर वाक्य पूरे कर रही थी, "आपने तो बाकी पैसा भी नहीं दिया, बचने के लिए पुलिस को दो लाख दिया, लेकिन हमको नहीं! अपुन के पास था—ई का? सिर्फ अपना खून! ओई खून दे-देकर पाला है बेटी को और आप कहते, बदला लिया! किस बदले का बात करते आप? आप सेठ होगा पर अपन तो गरीब लोग। गरीब बस्ती में जैसे-तैसे रहता हम लोग। घर नहीं, पैसा नहीं, रोजगार नहीं, खाना नहीं, कपड़ा नहीं, स्कूल नहीं, अस्पताल नहीं! जैसा-तैसा लाइफ बीतता। फिर भी बेटी को जितना बन पड़ा अच्छा खिलाया, अच्छा पहनाया, अच्छा रखा और का करता? आप बोलते, बौत कीमत चुकाया आपने! कितना कीमत? हमसे ज्यादा? जिस बीमार हसबैंड के लिए हम सरोगेट बना, वो भंड़वा भी नहीं बचा लेकिन जब तक जिन्दा रहा खून थूकता रहा, नफरत थूकता रहा, जो भी चीज हाथ में होता, फेंक कर मारता—ये देखो, ये देखो, ये देखो..." उसने कन्धे, पीठ और जाँघें उधेड़ दीं, "ऐसाइच कितना दाग है। बोलता, तू रण्डी है। तेरे गन्दे पैसे की दवाई से मैं कब्भी ठीक होने वाला नहीं।" बोलते-बोलते वह हाँफने लगी। इस बीच उसको घेरने वाला मजमा और घना हो गया था।

"हुँह कीमत!" औरत ने दुबारा बोलना शुरू किया तो लगा वह बोल नहीं रही, शब्दों को थूक रही है, "आपको पता है, हसबैंड के मर जाने के बाद अपुन का दोबारा शादी नहीं हुआ। सब समझते, इ तो रण्डी है, इसका का शादी? फिर भी बर्तन, झाड़ू-पोंछा करके किसी तरह पाला बेटी को। खुद का दवा नहीं करा पाया। मुझको अब दिखलायी भी कम पड़ता है, आँख गया, जवानी गया, जिन्दगी गया लेकिन पूछो, बेटी को कोई तकलीफ दिया... और आप कहते, बदला लिया।"

"मुझे माफ कर दें।" वीरेन्द्र प्रताप ढीले पड़े, "दरअसल मेरे पास बहुत बड़ी प्रॉपर्टी है अमेरिका में और इस बेटी के सिवा अपना कहने वाला कोई नहीं।" आवाज भर्रा गयी।

"हमारा भी इस बेटी के सिवा अपना कहने वाला कोई नहीं।"

दोनों वाक्य टकराकर झनझना कर टूट गये थे और अब वहाँ एक गहरा सन्नाटा था। थोड़ी देर बाद वह बोली, "आपका तो बहुत बड़ा प्रॉपर्टी भी है अपुन का तो प्रॉपर्टी भी येई है, अपना कहने वाला भी कोई है तो येई... आगे-पीछे कोच्छ नहीं।"

“मैं तुम्हें इतने पैसे दूँगा कि बाकी जिन्दगी कोई तकलीफ नहीं होगी।” वे ‘आप’ की दूरी से ‘तुम’ की नजदीकी पर उतर आये थे।

“साहब’ आप ऊँचा खानदान का लोग, पैसा वाला लोग और हम छोटा लोग, कंगाल लोग! आप हम जैसा औरत को रानी बनाकर का कर लेगा? हमारा बाकी भाई-बहन लोग तो अइसाइच है। बौत ई कमजोर लोग है हम, बौत-ई...” उसने आधी बात कही और आधी बात उसके आँसुओं में लिबलिबा गयी, “कीमत...? हम आपका जैसा कोई सौदागर नहीं, कोई सौदा नहीं। कोई एहसान नहीं किया हम किसी पर। बेटी था, जिला कर बड़ा किया लेकिन आगे इसका फ्यूचर हम हों—ये हम नहीं चाहते। उसका इच्छा हो, हम रोकेगा नहीं, जाये, ले जाइए। हमारा बेटी सुख से रहे, अपुन का गारत का जिन्दगी न जिये...।” उसकी आँख भर आयी, फिर उसने पुकारा, “लीजा, ओ बेटा लीजा जरा सुनना तो।”

“सब सुन लिया मॉम...”

“अरे तेरा फादर लेने आया तुझको, फिलिम में जैसा माफिक देखते, वैसाइच! जा चली जा बेटी।”

“ना” लम्बी ढीली नाइटी पहने एक किशोरी टपरे से बाहर आकर खड़ी हो गयी। उसका रंग काला था। उसके हर अंग से, हर भंगिमा से उनके लिए नकार और धिक्कार बरस रहा था।

उन्होंने आहत नजरों से देखा, जैसे कोई काली बिल्ली उनका रास्ता काट गयी थी।

खामोश

एक उद्दाम आवेग था उसकी बातों में, उसके व्यवहार में, उसकी अदा में...। दूसरों को प्रभावित करने और गिरोह बनाने के गुणों से लैस थी वह। एक ही कमी थी उसमें, फोर्स तो थी मगर दिशा नहीं।

दूसरी ओर थे मानवेन्द्र स्वामी जिनमें आवेग भी था, लीडरशिप के गुण भी, फोर्स भी, दिशा भी। बात-की-बात में भीड़ जुटा लेते मानवेन्द्र।

वे पार्टी के सिद्धान्तकार थे। सिर्फ अपनी ही नहीं, अन्य राजनीतिक पार्टियों में भी उनके वजन का अध्येता मिलना मुश्किल था। उनका स्फटिक की तरह स्पष्ट उच्चारण, स्वर का आरोह-अवरोह और बीच-बीच में उद्धरणों के मोती। अद्भुत विद्वत्ता और वाग्मिता के धनी थे मानवेन्द्र।

कान्ता का अतिरिक्त आकर्षण उसकी जवान नारी देह थी, जो मानवेन्द्र के पास न थी और पार्टी को उन दोनों की जरूरत थी। बाहरी आकर्षण भी, अन्दरूनी आभा भी।

मानवेन्द्र जब बोलते तो चुपके-से खड़ी पीती रहती कान्ता उनकी बातों को। कहानी सच पूछिये तो उस दिन शुरू हुई जिस दिन पार्टी के कार्यकर्ताओं को सम्बोधित करते हुए कान्ता की यह चोरी पकड़ ली थी मानवेन्द्र ने।

"वो कौन है?" उन्होंने एक कार्यकर्ता से पूछा।

"कान्ता जी।"

"वहाँ दीवार की ओट में क्या कर रही हैं?"

"पता नहीं। रोज ही तो वहाँ खड़ी-खड़ी आपको सुनती रहती हैं।"

मानवेन्द्र को अच्छा लगा। अगले दिन उन्होंने कान्ता को बुला लिया।

"आप बहोत अच्छा बोलते हैं," कान्ता ने कहा।

"आप बहोत पवित्र लगती हैं," स्वामी ने पार्टी अनुशासन के तहत 'सुन्दर' की जगह 'पवित्र' कहकर पार्टी अनुशासन के ब्रह्मचर्य को बनाये रखा।

"काश, मैं भी बोल पाती!"

"काश, मैं भी आपकी तरह अनिन्ध होता!"

यहाँ भी स्वामी ने यथाशक्य सतर्कता बरती। इस तरह आकाश में दो पतंगें आराम से काटने और काटने के लिए मँडराने लगीं, मंझा, ढील और खिंचाव...!

न! बात ठीक ऐसे नहीं शुरू हुई थी।

फिर कैसे शुरू हुई थी?

दोनों ने दोनों को देखा तो लगा दोनों को दोनों की जरूरत है। उहूँ! इतने सपाट ढंग से भी नहीं!

फिर कैसे?

दरअसल सम्मोहन, स्वार्थ, समर्पण और भावनाओं के परस्पर उलझे इतने ताने-बाने, रंग-रेशे हैं कि उन्हें अलग कर पाना मुश्किल है, सो मजबूरन कुछ स्थूल चीजों से ही काम चलाना होगा, मसलन, 'ब्रह्मचर्य के महिमामण्डित घटाटोप के अन्दर स्वामी की बन्दी आत्मा ने किसी क्षण बाहर निकलने के लिए काँच की दीवार पर चोंच मारी होगी, 'यह जीवन कितना खाली-खाली है। खाली-खाली है और बीतता जा रहा है—मेरा भी, कान्ता का भी। (काँच की दीवार के पार कान्ता) दोनों ही पिछड़ी जातियों के हैं जिनका वैसे भी इस घोर ब्राह्मणवादी पार्टी में कोई स्थान नहीं। क्यों न मैं खुद भी इस बन्दीशाला से मुक्ति पा लूँ और बाँह पकड़कर कान्ता को भी निकाल लाऊँ?'

लेकिन इसके पहले देखना होगा कि कान्ता की खुद की पहल का तरीका कैसा था। मानवेन्द्र को सुनती तो लगता, सुनती ही चली जाये।

एक दिन उसने स्वयं ही मानवेन्द्र से कहा, "आपके भाषण में शेर और उक्तियाँ मोती की तरह पिरोयी रहती हैं। उनसे बड़ा अच्छा प्रभाव पड़ता है। दो-चार हमें भी सिखा दें न।"

"दो-चार क्यों, जितनी सीखना चाहें, ले जायें।"

और मानवेन्द्र उसे सुग्गे की तरह पढ़ाने लगे, "नोट करती चलिए—यथायोग्य इनको भाषण में पिरोती जाइए :

अब तो इस तालाब का पानी बदल दो,
ये कमल के फूल कुम्हलाने लगे हैं।

हम आह भी रहते हैं तो हो जाते हैं बदनाम,
वो कत्ल भी करते हैं तो चर्चा नहीं होती।

"मुझे तोड़ लेना वनमाली..."

"यह मालूम है।" कान्ता ने बताया।

"काजू पड़े हैं प्लेट में, व्हिस्की गिलास में।
उतरा है रामराज्य विधायक निवास में।
बस एक ही उल्लू काफी है...।"

"यह मैं जानती हूँ।"

"आगे लिखिये :
न था कुछ तो खुदा था, कुछ न होता तो खुदा होता
डुबाया मुझको होने ने, न होता मैं तो क्या होता।
वो आते हैं मक्तल में खंजर बदल-बदल के
या रब कहाँ से लाऊँ मैं सर बदल-बदल के...
अरे आपने नोट नहीं किया?" मानवेन्द्र चौंके!

लजा गयी कान्ता, "दरअसल मैं आपके बोलने के ढंग में ही उलझकर रह गयी। प्लीज आप ही लिखकर दे दें न!"

लिखकर दे दिया मानवेन्द्र ने। इन्हें भाषणों में कैसे और कहाँ जोड़ा जाए, रिहर्सल करा दिया और जब राजनीति के मंच पर कान्ता ने इसे मंचस्थ किया तो किरचें चमकने लगीं किरणों की, मानो अनगढ़ हीरे को तराश मिल गयी हो। मानवेन्द्र ने मुग्ध भाव से निहारा अपनी शिष्या को।

"अध्यात्म ही हमारी पार्टी का आधार है।"

"आधार नहीं, हथियार," मानवेन्द्र ने संशोधन किया।

"जी, और यह आश्रम, उसका प्रशिक्षण या कार्यकर्ता तैयार करने की बुनियाद।"

"तो?"

"मुझे कुछ-एक गुर बता देते तो... बातें करती हूँ तो आधार कमजोर लगने लगता है। कभी-कभी आत्मविश्वास नहीं आता।"

और शुरू हो गया अगला पाठ। कान्ता को प्रभावित करने के लिए स्वामी अधिक से अधिक गूढ़ विषयों का प्रतिपादन करते और अधिक से अधिक प्रभावित होती जाती कान्ता। स्वामी ने बताया, गीता में भगवान कृष्ण कहते हैं :

"हे अर्जुन तुम और मैं कई बार जन्मे हैं। विश्व का स्रष्टा होने के बावजूद अपनी माया द्वारा मैं स्वयं अस्तित्व में आता हूँ। मैं सृष्टि का पिता हूँ और मैं ही माता हूँ। मैं मार्ग हूँ, मैं ही साक्षी और मैं ही अन्तिम शरण्य।

"मैं आदि, अन्त, विश्राम स्थल, अशेष कोष और आदिबीज हूँ। मैं अस्तित्व हूँ और अनस्तित्व भी..." कान्ता चकित भाव से सुनती।

स्वामी ने बताया, "शब्दों का तात्पर्य विशुद्ध अस्तित्व है। अद्वैत का मतलब ईश्वर एक है। पूछेंगी, 'फिर द्वैत कैसा' तो परमात्मा और जीवात्मा में अविद्या के

कारण द्वैत है। इस प्रकार शब्द और अशब्द, दो अलग-अलग ब्रह्म हैं शरीर-आत्मा, जीवन-मरण, अस्तित्व-अनस्तित्व, अब कुछ लोग शब्द को ब्रह्म मानते हैं या फिर ध्वनि, नाद को—ओम्। फिर अशब्द को कहाँ रखेंगे?"

कान्ता को प्रभावित करने के लिए स्वामी गूढ़ से गूढ़तर होते जाते। वाचन के बीच रुककर कान्ता के चेहरे पर पड़ रहे प्रभाव को आँकते जाते। कान्ता उकसाती, "बोलते जाइए, अच्छा लगता है। मन पवित्र होता जाता है।"

"सृष्टि के बाहर कोई ईश्वर नहीं और ईश्वर के बाहर कोई सृष्टि नहीं। सत्य और असत्य में कोई अन्तर नहीं लेकिन सबके ऊपर परम सत्ता शून्य है।"

कान्ता के सिर के ऊपर से गुजर जाता, "यह कैसे स्वामी जी? सृष्टि कब से हैं, ब्रह्माण्ड कितना बड़ा है और वह किसमें समाहित है?"

"उपनिषदों में लिखा है कि सृष्टि स्वतन्त्र पैदा हुई है। स्वतन्त्र ही स्थित है और स्वतन्त्र ही विलीन हो जाती है। मैंने आपको एक पुस्तक दी थी उपनिषदों की, उसमें कहीं लिखा था कि ब्रह्म की नगरी में जो मानव शरीर है उसके हृदय के अन्दर एक छोटा-सा घर है। यह घर कमल की आकृति का है। उसके अन्दर वह निवास करता है, जिसे खोजना है, उसके स्वरूप को जानना है। वैसे तो वह अगाध है पर एक रास्ता है, वो ऐसे कि जो बूँद में है, वो समुद्र में है—ब्रह्म, परब्रह्म! यद्यपि वह एक जगह बैठा है लेकिन उसकी गति, व्याप्ति दूर-दूर तक है। स्वयं सुख से पूर्ण है वह लेकिन हर शै के अन्दर बेचैन है। सर्वत्र उसकी सत्ता है। वह आनन्द है और आनन्द से परे भी... विद्वानों की कल्पना से भी परे।"

"ऐसा क्यों स्वामीजी?"

'स्वामी जी!' मानवेन्द्र ने सम्बोधन को अन्दर ही अन्दर चुभलाया, उससे जो इन्द्रियोत्तेजक रस निकला, वह उनके कौमार्य को सहला गया। बोले, "वह असीम है लेकिन जीवमात्र तो ससीम है। प्रकाश की गति कितनी है मालूम?"

"न।"

"एक लाख छियासी हजार मील प्रति सेकण्ड। इस वेग से चलें फिर भी करोड़ों करोड़ वर्ष चलते रहने के बावजूद उसके छोर तक नहीं पहुँच सकते। कितने ही ऐसे तारे हैं जिन्हें हम देख तो पाते हैं मगर उनकी वह किरण कितने प्रकाश वर्षों में आयी है हम तक? हम क्या स्थूल भाव से उस तक पहुँच पायेंगे?"

कान्ता मूर्खा-सी ताकती। जब-जब ऐसा होता, स्वामी विजयी भाव से उसे देखते।

स्वामी ने शेव करते समय आईने में खुद को गौर से निहारा—काला, रुक्ष पठारी चेहरा!

''वेद व्यास!'' चौंक गये। अरे यह तो कान्ता की आवाज है। पलटकर देखा,

कहीं कोई नहीं।

कान्ता ने चन्दन की बिंदी लगाते समय आईने में खुद को निहारा—मामूली, सपाट चेहरा!

"पवित्र और अनिन्ध!" चौंक गयी। यह तो स्वामी जी की आवाज है। पलट कर देखा, कहीं कोई नहीं।

दोनों के चेहरों पर मुस्कान भरा गरूर निखर आया। ब्रह्म की नगरी में जो मानव शरीर है और उसके अन्दर जो कमल की आकृति का घर है, वह खिल गया था। कोई भ्रमर वहाँ गुंजार कर रहा था। कान्ता की वाग्मिता और व्यक्तित्व में दिनोंदिन तराश आती गयी। उसका चेहरा अपना था मगर जबान मानवेन्द्र की; पाँव अपने थे, मगर चाल मानवेन्द्र की, आँख अपनी थी मगर दृष्टि मानवेन्द्र की। कान्ता के इस चेहरे पर जवानी की दीप्ति के साथ विद्वत्ता की लाली खिलने लगी थी, मगर यह तो खिलने की शुरुआत भर थी। कान्ता को अभी नयी-नयी बुलन्दियाँ छूनी थीं। इसके साथ एक विजय दर्प भी... पार्टी में जिस शख्स के सभी कायल हैं, वह खुद कान्ता से घायल है। वह अपनी छठी इन्द्रिय से मानवेन्द्र की मनोदशा को भाँप रही थी और इसका अहसास होते ही ठसक से भर जाती।

एक दिन कान्ता ने मानवेन्द्र से पूछा, "आपने विवाह क्यों नहीं किया?" पलट कर वही प्रश्न मानवेन्द्र ने कान्ता के सामने कर दिया, "और आपने?" दोनों एक साथ हँस पड़े। दो जलतरंग बज उठे। फिर मानवेन्द्र ने कान्ता को रॉबर्ट फ्रॉस्ट की अपनी प्रिय पंक्तियाँ सुनायीं :

द वुड्स आर लवली, डार्क ऐण्ड डीप
बट आई हैव प्रॉमिसेज़ टु कीप
एण्ड माइल्स टु गो बिफोर आई स्लीप
एण्ड माइल्स टु गो बिफोर आईं स्लीप!

कविता ही नहीं उसका अनुवाद भी :

जंगल घने, गहरे और सुहावने हैं
मगर मुझे अभी वायदे निबाहने हैं
सोने से पहले मीलों चलना है मुझे
मीलों चलना है मुझे सोने से पहले!

राजनीति, भाषा, साहित्य, दर्शन, विज्ञान कुछ भी तो नहीं छोड़ा मानवेन्द्र ने। सब पर समान अधिकार। यह आदमी आदमी है या ज्ञान का पहाड़! कान्ता सोचती।

रोज ही कुछ-न-कुछ पूछती कान्ता। एक दिन पूछा, "स्वामी जी, 'कोरा' का मतलब क्या होता है?"

"कोरा मतलब स्वच्छ, कोरा मतलब अभी तक जिसका इस्तेमाल न हुआ हो, कोरा मतलब जिसमें दाग न लगा हो।"

'कोरा मतलब ब्रह्मचर्य... जैसे हम, तुम!' स्वामी ने यह भी बताना चाहा और कोरा की व्याख्या भी, 'कोरा कागज था ये मन मेरा, लिख लिया नाम उस पर तेरा।' पर यह छिछला लगा, कह नहीं पाये। अचानक चौंके, अरे, यह ध्वनि थी या प्रतिध्वनि! आखिर उसने 'कोरा' शब्द का अर्थ ही क्यों जानना चाहा? और जानना चाहा या बताना चाहा? 'कोरा कागज' के हिंडोले पर कई दिन झूलते रहे मानवेन्द्र।

मानवेन्द्र का छोटा-सा कमरा पत्र-पत्रिकाओं, अखबारों, पर्चों, पाण्डुलिपियों, पुस्तकों से अँटा हुआ कमरा। कुछ दिनों से यह अव्यवस्थित कमरा व्यवस्थित नजर आने लगा। सारी चीजें करीने से सजी नजर आने लगीं। घर भी बुहारा-बटोरा...! 'कौन करता है यह सब,' सोचा करते मानवेन्द्र और एक दिन उन्होंने चोर को पकड़ लिया, "कान्ता जी आप...?"

शरमा कर जाने लगी कान्ता। हाथ बढ़ा कर रोक दिया मानवेन्द्र ने, "चली जाना, पर एक चीनी कहानी सुनने के बाद...

"एक गरीब आदमी था। कुँआरा था। दिन भर के काम से थककर आता, सोचा करता, काश, घर में कोई औरत होती! साफ-सफाई कर देती। बाहर से थके-माँदे आने पर घर इतना सूना-सूना तो न लगता। दीवार पर एक कैलेण्डर था, जिसमें एक सुन्दर जवान औरत का चित्र था। वह अक्सर उस जवान स्त्री के चित्र को सुनाते हुए यह सब कहता। एक दिन घर आकर उसने देखा कि घर की साफ-सफाई हो गयी है, खाना भी बनाकर रखा हुआ है। गरीब आदमी को आश्चर्य हुआ, कौन करता है यह सब। एक दिन समय से पहले आकर उसने अपने घर में झाँका तो देखा कि कैलेण्डर वाली औरत झटपट घर का सारा काम निबटा रही है। काम निबटा कर वह वापस कैलण्डर में जा समायी। अब उसे याद आया कि इसके पहले कैलेण्डर खाली था। उस दिन उसने कुछ न कहा लेकिन दूसरे दिन वह फिर चुपके से आया। कैलेंडर वाली औरत हड़बड़ा कर कैलेंडर में समाने जा रही थी कि उसने उसका हाथ पकड़कर रोक लिया, अब तुम मेरे घर में, मेरे मन-मन्दिर में समा चुकी हो, कैलेण्डर में वापस नहीं जा सकती।" कान्ता को होश आया तो उसने पाया कि उसका हाथ खुद मानवेन्द्र के हाथ में था। कान्ता ने हाथ छुड़ाया नहीं। मानवेन्द्र पर मस्ती छा गयी। उम्र के बीस साल पीछे चले गये। चूमना चाहा।

"कोई देख लेगा," धीरे से हाथ छुड़ाकर चली गयी कान्ता।

दोनों ही ब्रह्मचर्य में थे। ऐसा करना तो दूर, सोचना भी पाप था।

अगले ही दिन मानवेन्द्र ने पार्टी प्रधान और आश्रम के प्रभारी, दोनों को पत्र लिखा। मजमून एक ही था : "मैं ब्रह्मचर्य का परित्याग कर गृहस्थ (वैवाहिक) जीवन

जीना चाहता हूँ। कृपया मुझे इसकी अनुमति प्रदान करें।"

पत्र पढ़कर गम्भीर हो गये पार्टी प्रधान। सामने खड़े मानवेन्द्र ने कहा, "सरबस खाइ भोग करि नाना, समर भूमि भै दुर्लभ प्राना।"

"जी, ऐसा तो नहीं है। पार्टी के लिए तो मैं आज भी समर्पित हूँ, आगे भी रहूँगा। रही बात गृहस्थ जीवन की तो आश्रम के चन्द लोगों को छोड़कर सब वैवाहिक जीवन जी रहे हैं।"

"आपसे बहस में तो हम उलझना चाहते नहीं, पर यह तो बतलाइए विश्वामित्र का तप खण्डित करने वाली वह उर्वशी है कौन?"

"कान्ता जी।"

"कान्ता...?" पूछकर मौन हो गये पार्टी प्रधान।

आश्रम में भूचाल आ गया।

'हमें तो पहले ही दाल में कुछ काला नजर आ रहा था।' एक टिप्पणी।

'गौतम बुद्ध ने इसीलिए अपने संघ में स्त्रियों का प्रवेश वर्जित कर रखा था।' दूसरी टिप्पणी।

'पर वर्जित रह पाया? उनके न चाहने के बावजूद औरत ने अंततः संघ के वज्र कपाट तोड़कर संघ में प्रवेश पा ही लिया।' तीसरी टिप्पणी।

'कौन आम्रपाली? वह तो तथागत की प्रेमिका थी।' चौथी टिप्पणी।

'वह आम्रपाली हो या यह आम्रपाली, आप स्त्री को रोक नहीं सकते। स्त्री एक जरूरत है, उसी तरह जिस तरह पुरुष।' पाँचवीं टिप्पणी।

आश्रम प्रधान के पास एक छोटी-मोटी भीड़ जमा हो गयी, यह कान्ता के एकान्तिक विफल प्रेमियों की भीड़ थी।

आश्रम प्रधान ने कहा, "यह तो सच है कि आम्रपाली को संघ में प्रवेश करने से रोका न जा सका लेकिन तथागत ने उसी दिन आनन्द को बता दिया था कि संघ की आयु आधी हो गयी। हमें कान्ता भी चाहिए, स्वामी भी मगर दोनों एक साथ नहीं, अलग-अलग। और मानवेन्द्र, कान्ता... यह तुम लोगों ने क्या किया...!

जो खलु दण्ड देउ नहिं तोरा।
भ्रष्ट होई श्रुति मारग मोरा।"

गुरुजी ने कान्ता को 'प्रज्ञा कक्ष' में बुलाया। प्रणाम निवेदित कर खड़ी हो गयी कान्ता।

"हमने तो समझा था तुम काफी आगे जाओगी पर तुम तो... अपनी और स्वामी, दोनों की हत्या कर दी तुमने तो...।" कान्ता के होठ थरथराये मगर उँगलियों के इशारे से रोक दिया गुरुजी ने, "यह विवाह नहीं, डबल मर्डर है। तुम ब्रह्मचारियों का जीवन किसी एक के लिए नहीं, पूरे समाज के लिए संकल्पित होता है। विवाह करके तुम अपनी विपुल सम्भावनाओं के आगे स्वयं पूर्ण विराम लगा रही हो। कभी

तुमने सोचा भी कि कहाँ तक ले जाएगा यह तुम्हारी जैसी युवा औरत को? तुम्हारा ही नहीं, उसका भी पूर्ण विराम है यह विवाह! तुम खुद के साथ उसका भी सर्वनाश करने पर तुली हो। मैं पूछता हूँ क्या यह स्वामी ही तुम्हारा लक्ष्य था, लाखों को अमृत बाँटने वाली इस कल्याणी अक्षय सलिला को इसी पठार में आकर अपमृत्यु का वरण करना था? हमने तो तुममें मुख्य मन्त्री, केन्द्रीय मन्त्री, यहाँ तक कि प्रधान मन्त्री तक के सपने पाले थे और तुम...! तुम कैसे भूल रही हो कि स्वामी हद से हद एक सीढ़ी हो सकता है, मंजिल नहीं। उससे जितना लेना था, ले चुकी, अब छोड़ो इस सिट्टी को जो नारद मोह से ग्रस्त तुमसे चिपक रहा है। तुम एक के लिए बनी ही नहीं हो, कान्ते।"

गहरे कशमकश में बीतता है दिन, गहरी बेचैनी में बीतती है रात। सात दिनों का सोचने का समय दिया है गुरुजी ने। आज आठवाँ दिन है। धीरज चुकता जा रहा है स्वामी का—'कान्ता अगर राजी हो तो आज ही मन्दिर जाकर वरमाला का आदान-प्रदान कर लेंगे।'

कान्ता के कमरे के बाहर दरवाजे पर खड़े हैं। अन्दर औरतों की कचर-पचर है। हाथ के दबाव से खोल देते हैं दरवाजा। यह क्या? कान्ता की जगह यहाँ तो कोई मुण्डित चेहरा कुश आसन पर पालथी मारे बैठा है। मस्तक पर चन्दन टीका है। गौर से देखते हैं और चौंक जाते हैं, तो यह तुम हो, कान्ता! सामने एक दफ्ती पर लिखा हुआ है : 'मैंने संन्यास ले लिया है और आज से मैं मौन व्रत पर हूँ।'

लौट पड़े। आँखों में अभी भी टँका है गेरुए वस्त्र में लिपटा कान्ता साध्वी का वह मुण्डित चेहरा। यह संन्यास क्या एक-दूजे को और पार्टी को उबारने का साधन है या किन्हीं कोमलतम भावनाओं की हत्या? अन्दर के ब्रह्मकमलनुमा आसन पर अधिष्ठित दो आत्माओं का वध हुआ है, रक्तरंजित है गेरुआ। पार्टी क्या हमारे प्रेम की समाधि पर खड़ी होगी?

किसी कौशेयवसना कोमलांगी को अंक में भर लेने वाले हाथ अब खाली थे, रिक्त! अंक भी, आवाज भी...

'कोई बात नहीं। यह तुम्हारा निर्णय है, कान्ता। तुम्हें मीलों आगे जाना है न! मैं तुम्हारा अन्तिम शरण्य कैसे हो सकता था। मीलों आगे निकल जाओ, मीलों... वहाँ तक जहाँ मैं नजर भी न आऊँ। अफसोस सिर्फ इतना है कि यही पहले कह देती। हम दोनों रुस्वा होने से तो बच जाते, जानना सिर्फ इतना कि तुम्हारा इतना वाचाल व्यक्तित्व यकायक इतना खामोश क्यों हो गया?

'मेरे जवाब से बेहतर है मेरी खामोशी,
न जाने कितने सवालों की आबरू रक्खी।'

यह कान्ता के मौन की आवाज थी!

बदला

यूँ है तो यह एक अन्धविश्वास भरी जिद ही लेकिन मैं इस जिद को पूरी करने पर तुला हुआ हूँ। कोई नामालूम-सा अपराध बोध, कुछ-कुछ प्रायश्चित-सा...। मैंने मिट्टी का दीया ले लिया है, रूई की बाती, तेल और माचिस भी। मुझे एक किलोमीटर दूर जंगल में एक नाले के पास जाना है, जो अब सूख चुका होगा पर मेरी यादों में वह अभी भी बहता है।

आज दीपावली है। दीयों के जलने में अभी वक्त है। घर-आँगन, मन्दिर, खेत, कुएँ, द्वार और अन्यत्र छोटे-छोटे दीये जल उठेंगे—मगर मेरी रुचि सिर्फ एक दीये में है जिसे मुझे बालना है उस जंगल में नाले के पास।

घर से निकला हूँ कि ठमक गया हूँ कुछ देखकर—दस बारह साल की कोई लड़की गोरू की तरह किस बुढ़िया को खींचे लिए चली आ रही है हाथ पकड़कर...? सन से सफेद बाल, झूलते चाम, झुर्रियाया रूक्ष चेहरा, लड़खड़ाती चाल, मादा भेड़िया-सा लम्बोतरा मुँह और घबरायी-घबरायी, भटकी-भटकी-सी आँखें...!

वर्षों बाद गाँव आया हूँ, सो, पहचानें धूमिल पड़ गयी हैं। अचानक कुछ कौंधता है—अरे यह तो बड़की भौजी हैं... हाँ, वही तो! शायद शौच-वौच के लिए उन्हें बाहर ले जा रही है वह लड़की। मैं आगे बढ़कर प्रणाम करता हूँ, मगर उन पर कोई प्रतिक्रिया नहीं होती। सुना तो था कि अन्धी हो चुकी हैं, लगता है, अब श्रवण- शक्ति भी जवाब देने लगी है। कभी परिवार की ही नहीं, पूरे गाँव की सबसे सुन्दर औरत की यह दशा! मैं एक-एक कर पचास साल पीछे चला जाता हूँ...

बड़के बाबूजी गोरे थे और बड़की माई काली—बड़के बाबूजी के शब्दों में 'भैंस'! उन्हें न सिर्फ अपनी गोराई पर गुरूर था बल्कि अपनी दबंगई पर भी। बड़के भैया राम पदारथ भी माँ पर गए—काली माँ की काली सन्तान! मगर बड़के भैया राम पदारथ की दुलहिन गवने पर आयीं तो सबकी आँखें फटी रह गयीं—साक्षात् इन्नर (इन्द्र) की परी—उनकी बोली-बानी, चाल-चितवन सब। बड़की माई को जीवन

में इतना खुश कभी किसी ने नहीं देखा।

अपने इकलौते बेटे के लिए क्या-क्या सपने नहीं सँजोये थे उन्होंने और बहू को देखा तो आँखें जुड़ा गयीं। चाँदी के पाँच विक्टोरिया रुपये की अपनी कुल जमा पूँजी दे दी मुँह दिखाई में और गाँव भर में घूम-घूम कर पूछ आयीं कि उन्होंने उनकी पतोहू को अभी तक देखा या नहीं। लोग उनके और रामपदारथ भैया के भाग्य को सिहाते—''अरे टेपरी की पतोह देखी! क्या तकदीर पायी है। कोहाइन लगती ही नहीं, लगती है बामनि या ठकुराइन है।''

टेपरा! बड़की माई का सिर्फ चेहरा ही काला न था, उनकी आँखें भी भैंगी थीं। इसीसे लोगों ने उन्हें टेपरी बुलाना शुरू किया था। लोग कहते टेपरी की आँख आँख नहीं एंटीना है। ''खाक एंटीना है। एंटीना होती तो उसे पता न चलता कि उसके घर में क्या कुछ पक रहा है।'' औरतें टहोंका मारतीं।

नहीं, पता चल गया था। बड़की माई को सब पता चल गया था। उनकी आँखों का भैंगापन बढ़ता जा रहा था। अब वे प्रायः शंकालु और घबराई हुई रहतीं। पति और पतोहू के बीच क्या कुछ पक रहा है—इसे वे सूँघती रहतीं। बड़की भौजी के पाँवों के अलते का रंग अभी उतरा भी न था कि उनकी शिकायतें शुरू हो गयीं, सास के विरुद्ध। उनकी शिकायत पर बड़के बाबू बड़की माई को फोहस गालियों से नवाजते और गोजी, पैना, ढेला, ईंट—जो भी हाथ लगता, उसी से सतकार करने लगते। बड़की माई अललातीं। फिर तो पूरा घर नरक बन जाता।

बड़के बाबू कई अर्थों में क्रान्तिकारी पुरुष थे। तकदीर ने उन्हें जो कुछ दिया था, उसी से सन्तोष करके बैठ जाना उनकी फितरत न थी, उसे बदलकर बेहतर विकल्प तलाशा करते। जैसे ही होश सँभाला, उन्होंने सबसे पहले माँ-बाप का दिया हुआ नाम 'बदलू' को बदलकर 'राम लखन' किया। वश चलता तो काली पत्नी और काले पुत्र को तथा कुम्हार की जाति को भी बदल देते। पर दुनिया कोई मेला तो थी नहीं। यहाँ एक बार का बिका सौदा नहीं बदला जा सकता, सो पत्नी और जाति को न बदल पाये और बेटे को भी न बदल पाने का मलाल उन्हें ताजिन्दगी सालता रहा। दबंग थे, राम के भक्त सो भगत या 'सरदार' कहने पर खुश होते।

बड़के बाबू ने जैसे ही होश सँभाला, पूरे घर को रामायण की वेदी पर चढ़ा दिया। झरिया की कोलियरी से कुछ पैसे कमा कर घर आये तो चाक सँभाला। चाक घूमता, चाक पर रामचरितमानस घूमता, चौपाइयाँ छिटकतीं, दोहे छिटकते, सोरठे छिटकते। चार भाई थे। अण्डे-बच्चे सबके नाम के आगे-पीछे राम जोड़ दिया, मेरे पिता रामकरन, दोनो काका रामखेलावन, राम बुझावन और बड़के भैया यानी अपने लड़के का नाम राम पदारथ। उन्हीं की कृपा से रामचरितमानस आज भी मुझे पूरा कण्ठस्थ है।

अपनी शान ऊँची करने के लिए उन्होंने गाँव का सबसे ऊँचा मकान बनवाने की ठानी ताकि लोग कहें, 'हाँ भैया, मकान हो तो रामलखन जैसा।' नाम 'राम मड़ैया' हालाँकि लोग उसे 'कोंहरा का मकान' ही कहते। यह ऐसा डाही देश है कि 'बभना की बखरी', 'ठकुरा की दालान' कहकर बड़े-बड़ों की पगड़ी उतार लेता तो बड़के बाबू की क्या बिसात! उसी मकान में पूरे परिवार की कोलियरी की सारी कमाई झोंक दी, दस हजार का कर्ज ऊपर से, सूद की दर इतनी ऊँची कि लालता सिंह की दो-दो कोठियाँ उसी सूद से खड़ी हो गयीं। उसी कर्ज में गर्क हो गये हम सब! अलगा बिलगी जो हुई सो अलग। पति इतना शेखइत और दबंग...और पत्नी...?

बड़की भाभी ने धीरे-धीरे सारे अधिकार छीनकर उन्हें कौवा-हँकनी बना दिया। लेकिन बड़की माई भी इतनी आसानी से हथियार डालने वाली न थीं। भौजी जब भी बाबूजी के लिए खरमिटाव लेकर निकलतीं; वे आगे बढ़कर छीन लेतीं और खुद लेकर जातीं। मगर बड़के बाबू को तो सिर्फ पतोहू के हाथ का अन्न पसन्द था उन्हें देखते ही जल उठते। चना-चबेना, थाली, मउनी, मट्ठे की मटकी को उठाकर ऐसे फेंकते कि दूर तक गड़राती चली जातीं। रात को तेल लेकर हाथ-पाँव दबाने जातीं तो उसे भी। बात गाँव में गन्धाने लगी तो उठा ली रामायण, 'क्या कहते हैं, राम, राम! अनुजबधू, भगिनी सुत नारी, सुनु सठ ये कन्या समचारी। इन्हई कुदृष्टि बिलोकई जोई, ताहि बधे कुहु पाप न होई।'

इससे भी आगे बढ़कर अपनी निर्दोषता के प्रमाण के लिए उन्होंने 'कण्ठी' ले ली। बड़की माई ने 'कण्ठी' को 'सूअर का हाड़' की संज्ञा दी। अब वे एक दूसरे के लिए पति-पत्नी नहीं 'कण्ठी' और 'टेपरी' थे।

भैया रामपदारथ चले गये झरिया और उधर बड़की भौजी ने एक बेटे को जन्म दिया—गोरा, गदबदा और सुन्दर। बड़के बाबू जी के चाक से एक नाम छिटका—रामफल। बड़की माई ने बगावत कर दी—रामफल मेरे बेटे रामपदारथ का बेटा नहीं, 'कण्ठी' का 'कण्ठा' है। उन दिनों किसी न किसी बहाने रोज पिटा करतीं बड़की माई। बड़के भैया और अपने पिता, काका का परिवार गाँव आया। बड़की माई ने सबसे शिकायत की, मगर बड़के बाबू के भाई भी तो उन्हीं के पढ़ाये सुग्गे थे। बोले—

'मिलहिं न बहुरि सहोदर भ्राता।'

भैया के विरुद्ध हम कुछ नहीं कह सकते!

"भौजी के सम्बन्ध में भी तुम्हारे रमैनिया में कुछ लिखा है?" बड़की माई की टेपरी आँख टेढ़ी हुई। उन्होंने हार न मानी।

गाँव और रिश्तेदारों के दबाव में सती माई के थान पर पंचायत बैठी। नीचे रामचरितमानस, मानस के ऊपर एक लोटा पानी, पानी में अक्षत, तुलसी, कुश, ऊपर

गरी का गोला, भैया से कहा गया कि गंगा-गोला हाथ में लेकर कहो कि रामफल किसका फल है--तुम्हारा या तुमरे बाप का! रामपदारथ भी रामायण के आदर्शों में पले-बढ़े थे, पिता की आज्ञा कैसे टालते? इतने में एक लमकूड़ बन्दर ऊपर से कूद कर गरी का गोला लपक बैठा। पर वाह रे बड़के बाबू! पूँछ पकड़ कर पटक ही तो दिया। गरी का गोला फिर उनके हाथ आ गया। रामपदारथ ने पिता का प्रताप देखा और झट कह बैठे "रामफल मेरा ही बेटा है।"

बड़की माई ने प्रतिवाद किया, "हनुमान जी आये थे नियाव करने, इस पर भी विचार किया जाये पंचों।" लेकिन पंचों ने एक न सुनी।

सती माई के थान पर बड़के बाबू की जीत हुई, बड़की माई की हार। खिसियाई हुई देर तक ताकती रहीं उस दिन बड़की माई सती माई के थान को अपनी भैंगी आँखों से–"अब देवता पित्तर भी झूठ बोलने लगे। और तो और हनुमान जी राछत (राक्षस) से हार गये।... तो अब ओरहन (फरियाद) लेकर कहाँ जायें।"

उन दिनों पुत्रवती बड़की भौजी की चाल में एक अलग ही गुरूर आ गया था। दूसरी ओर बड़की माई की चाल में चक्कर! अब वे तनकर खड़ी न हो पातीं। चकराती हुई चलतीं तो मानो छोटा-मोटा बवण्डर चल रहा होता। कन्धे से कूल्हे तक पर पिटाई के निशान गोहटे बनकर उभरे होते जिनमे दूषित खून हमेशा ही टीसता रहता। बड़की भाभी उनसे खाने को कभी न पूछती, अलबत्ता बनाकर ढक देतीं जिसे वे खुद निकाल कर खा लेतीं। खाया या नहीं, कैसा था, इच्छा-अनिच्छा कभी न किसी ने पूछा, न उन्होंने इजहार किया। हम लोग पहले ही उनसे अलग हो चुके थे, सो उनका जीवन निपट एकान्त का जीवन था।

क्या गाँव, क्या परिवार–किसी ने भी बड़की माई का खुलकर पक्ष न लिया, सो धीरे-धीरे इनसानों की बिरादरी से खारिज होती गयीं बड़की माई। अब वे दिनभर घास छीलतीं, पशुओं की सेवा टहल करतीं–तीन भैंस, दो बैल–यही उनका परिवार था–इन्हीं से बोलतीं, बतियातीं। पैसे एक न थे पास, रामपदारथ भैया आते तो जाते समय जरूर दस-पाँच देकर जाते, मगर अक्सर उसे भीत में गाड़कर खुद भूल जातीं कि कहाँ गाड़ा था। आखिर तक घर की तीन भैंसे लेकर वे नारे (नाले) में चली जातीं–चराने। वहीं दिन भर रुनते-धुनते शाम को ही घर लौटतीं। घर आने पर नारे के गड़हे में लोटने के चलते भैंसों के बदन से जोंकें चिपकी हुई मिलतीं जिसे नमक, खैनी और लकड़ी से छुड़ाया जाता।

वह मेरे छुटपन की बातें हैं। बहुत सारी बातों का मतलब तब हमारी समझ में न आता, जैसे यही कि जहाँ इतनी सारी जोकें हैं, वहाँ वे जाती ही क्यों हैं, यह भी कि जब पिटना ही किस्मत में लिखा है तो बड़के बाबू और बड़की भाभी को गलिरगती क्यों रहीं अब तक। यह रहस्य तो बाद में खुला कि इलाज के लिए बड़की

माई को कोई दवा न मयस्सर हुई कभी सिवाय जोंकों के।

गोहटे के उभारों पर एक-दो जोंकें चिपका लेतीं। जोंकें धीरे-धीरे उभारों का दूषित रक्त पीती रहतीं। खून पी-पीकर मोटी हो आयीं काली-काली जोंके कभी-कभी खुद ही बद्द-से गिर पड़तीं तो कभी हम चरवाह बच्चों को नमक आदि से छुड़ाना पड़ता। जमीन पर गिरी हुई उन जोकों को जूते या 'पउला' से दबाते ही फच्च-से खून की पिचकारी निकलती, जमीन लाल हो उठती, मानो पान की शौकीन बड़की भौजी ने पान की पीक मारी हो।

शिकार सिर्फ बाहर ही नहीं होते, घर के अन्दर भी होते हैं, सिर्फ परायों के नहीं, अपनों के भी। पतोहू ने न कभी सास को सास माना, न सास ने कभी पतोहू को पतोहू। दोनों की दोनों सौतें थीं या प्रतिद्वन्द्वी। सींगें लड़ी हुईं। आँखें तनी हुईं। ठेलते-ठेलते भौजी ने बड़की माई को नारे में ही ठेल कर दम लिया था। एक दिन भैंसों को लेकर घर नहीं लौटीं बड़की माई, नारे में ही औंधी पड़ी मिलीं। रामपदारथ भैया उन दिनों गाँव आये हुए थे। देर तक रोते रहे माई की नियति पर।

घर नहीं लाया गया था बड़की माई को, न ही बदन पर खून चूसती जोकों को छुड़ाया गया था। घर से, परिवार से तो कब की निर्वासित कर दी गयी थीं। वहीं, नारे के किनारे, चिता बनाकर फूँक दिया गया लाश को।

जंगल में नाले तक पहुँचते-पहुँचते पूरा अँधेरा हो चला। ठीक-ठीक कहाँ औंधी पड़ी मिली थीं बड़की माई—समझ पाना मुश्किल है। मैं अनुमान से जगह चिह्नित करता हूँ और दीया जलाकर हाथ जोड़कर उनकी स्मृति को प्रणाम करते हुए दूर-दूर तक देखता हूँ। मेरी भावुकता के बावजूद कोई आकृति नहीं बनती बड़की माई की।

"क्षमा करना बड़की माई, जीते जी तुम्हें कोई न्याय न दिला सके हम, तुम्हारे साथ इतना अन्याय होता रहा, मगर हम सब मूक दर्शक बने रहे।" दीये की तरफ देखते हुए अपना अनुताप बुदबुदाता रहा।

तभी पीछे से शोभई मौर्या ने टोक कर मुझे चिहुंका दिया, "तुम यहाँ हो और तुम्हें घर पर ढूँढ़ा जा रहा है।"

"मुझे?"

"हाँ-हाँ तुम्हें। दो मिनट रुको मैं भी अपने काका के नाम का दीया जला लूँ तो चलूँ तुम्हारे साथ।"

याद आया, इस नाले के छीछिल पानी में शोभई भैया के काका नाक रगड़-रगड़ कर मरे थे। मिरगी थी उन्हें।

शोभई दीया जलाकर आये तो साथ-साथ चलने लगे, बोले—

"काका ने मरने के लिए यही जगह क्यों चुनी थी, मालूम है?"

"वो तो सुना मिरगी...।"

"अरे वो तो एक बहाना था।"

"तो...?"

"असल में बड़की माई इस बियावान में अकेली थीं, बहुत मानते थे न उनको इसलिए।"

उनके जवाब पर मैं एक बारगी कुढ़ गया। मैंने कहा, "मैंने तो बहुत कोशिश की, बहुत... कि चिता की वह जगह या कोई झलक बड़की माई की मिल जाये लेकिन न मिली।"

"यहाँ मिलती कैसे? ऊ तो वहाँ हैं घर पर तुम्हारे?"

"वहाँ...?"

"हाँ, वहाँ वे बड़की भौजी को खदेड़ रही हैं, भौजी जान बचाने को भाग रही हैं तुम्हारा नाम ले-ले कर कि आकर बचा लो उन्हें उनसे।"

"मगर मैंने तो भौजी को प्रणाम किया तो उन्होंने पहचाना तक नहीं।"

"अरे तुम चले आये तो उस लड़की ने उन्हें जोर-जोर से कहकर तुम्हारे बारे में सब बताया तो पछताने लगीं, पूछा 'कहाँ गये!' तो उसने बताया, 'अपनी बड़की माई को दीया जलाने।' बस तभी से अभुवा रही हैं।"

"माने?"

"माने कि बड़की माई उन्हें खदेड़ रही हैं।" शोभई भैया इतने आत्मविश्वास से बोलते हैं कि जैसे सब कुछ अपनी आँखों के सामने होते हुए देख रहे हैं।

"आप भी न...!" मैंने उन पर तरस खायी।

"तुम गाँव में किसी से भी पूछ लो।"

"ऊपर भगवान है, नीचे भूत-परेत और आतमा-सब...। अगर मैं झूठ बोलूँ तो मेरी जीभ गलकर नीचे गिर जाये।"

'आप तो बुरा मान गये। बताइए बताइए...।'

और जंगल के उस रास्ते पर शोभई भैया ने बड़की माई की मौत के दिन से आज तक का अतीत रौशन कर दिया–

बड़की भौजी को जो करना था कर चुकीं, अब बड़की माई की बारी थी, जैसे नारे में औंधी पड़ी अपनी भैंगी आँखों से अपने समय का इन्तजार कर रही थीं वे। अन्धी होने के बावजूद नारे से उन्हें उठते हुए प्रत्यक्ष देखा बड़की भौजी ने। भयंकर था उनका उठना, जैसे कब्र से उठता है गड़ा हुआ मुर्दा फूला-फफड़ियाया, जैसे पानी में बैठी भैंस उठती हो पानी से देर तक चूता रहा कीचड़, पानी। जहाँ-तहाँ अब भी चिपकी हुई थीं मोटी-मोटी, जोंकें। बद्द-बद्द टपक रहा था पानी, पानी और कीचड़। बद्द-बद्द गिर रही थीं जुगुप्सित जोंकें।

रामफल को मातामाई (चेचक) निकलीं। छोटे-बड़े बुदबुदे जैसे दाने पूरे बदन पर। पण्डित बैठवाया, रामचरितमानस, जप, यज्ञ, पूजा मनौती—क्या नहीं। एक दिन रामफल पर मातामाई की सवारी प्रत्यक्ष हुई—कहा, सब बेकार है, मैं टेपरा हूँ; रामफल को ले जाने आयी हूँ।... और सचमुच रामफल जाता रहा। फिर तो ताँता लग गया कुछ ही महीनों बाद बड़के बाबूजी भी चटपट में जाते रहे। साल भर बाद बड़के भैया राम पदारथ भी। बहुत तेजी से ढलती गयी बड़की भाभी—पहले आँखें गयीं, ग्लूकोमा हो गया, फिर श्रवण शक्ति मन्द पड़ी, एक दिन मेंड़ पर जा रही थी कि गिरी। और दाँत भी गए, हाथ-पाँव कमर पर गठिया का प्रकोप। एक-एक कर सारी दिशाएँ रूँधती जा रही थीं, और सास, जिसके कालेपन से जिन्दगी भर घिनाती रहीं, वही कालापन स्थायी साथी बन गया उनका।

एक शातिर शिकारी की तरह खड़ी थीं बड़की माई। उनसे बचने के लिए भौजी के पास कोई उपाय न था, तभी टटोलते-टटोलते उन्हें एक बिल मिली—कुछ पट्टीदार आश्वासनों के साथ खड़े थे—"हमें अपनी सारी जमीन-जायदाद लिख दो, हम तुम्हारी सेवा करेंगे। वैसे भी तुम सरग में इन्हें ले जाने से रही।"

वाकई सेवा में जुट गये वे लोग। जब तक उनके हाथ के अँगूठे की टीप न ले ली, वे ही उनके हाथ-पाँव, आँख-कान बन गये—नहलाना, धुलाना, शौच-सफाई, दाना-पानी, पान-जर्दा सब! हँसती रही भैंगी आँखें।

जमीन-जायदाद लिख देने के बाद पट्टीदारों का रवैया बदल गया। अक्सर खटिया पर टट्टी-पेशाब करके पुकारती रहती, मक्खियाँ भिनकती रहतीं। धूप में होतीं तो धूप में, छाया में होतीं तो छाया में—कपड़ा-लत्ता वक्त-जरूरत के हिसाब से भी बदला न जाता। आँखें न रहने का अभिशाप नित नयी मुसीबतें लेकर आता। अलबत्ता किसी ने सुन लिया, कोई उनके पास दो-चार मिनट को बैठ गया तो निहाल हो जातीं पर ऐसा काम ही होता। अकेले-अकेले कलझतीं, बर्राती रहतीं।

घर पहुँचा तो वहाँ छोटी-मोटी भीड़ जमा थी। ये ओझा, गुनी और पण्डित लोग थे जो उनका दैवी प्रकोप शान्त कराने में जुटे थे। पता चला कि जैसे ही उन्हें पता चला कि मैं गाँव आया हूँ और बड़की माई के नाम पर दीया जलाने गया हूँ, सन्निपात हो आया इन्हें। इधर से उधर उठकर भागने, जहाँ-तहाँ टकराने भहराने लगीं। इन्हें लगा कि बड़की माई इन्हें मारने आ रही हैं—भागो देखें, कहाँ तक भागती हो।

उन्हें ढाढस देने के लिए मुझे लगभग चीख-चीख कर बोलना पड़ा। उन्होंने मुझे टटोलकर अपने दुर्बल हाथों से जकड़ लिया, "हमें माफी देइ दो, दिखाई-सुनाई नहीं पड़ता अब। भैया, मेरी आँख की जोत बापस दिलवाइ दो। तुम्हारा उपकार मानूँगी।"

मैंने उन्हें झूठा आश्वासन दिया, "मैं डॉक्टरों से बात करूँगा।" उठने लगा तो बिलखने लगीं अन्धी आँखें, "क्या जानें, अब भेंट हो, न हो। हमका तो जीते भी नरक है, मरने के बाद भी नरक, हमरे मरने पर भी दीया-दियारी के दिन दीया जराओगे...? नहीं! थूकोगे मेरे नाम पर। है न? मैं उसी के काबिल हूँ। लेकिन हर बार थूकने के बाद हो सके तो दुई बून आँसू भी गिराना मेरी जिनगी पर, और कभी सोचना जरूर—क्या अपने पापों के लिए मैं अकेले जिम्मेवार थी।"

सुबह मुझे लौट आना है, मगर अमावस की इस आधी रात को ही दोबारा दौरा पड़ा उन्हें। बड़की माई उनकी ओर प्रतिहिंसा के भाव से बढ़ी आ रही थीं और उनसे बचने के लिए खटिया पर से उतरकर कमरे में भाग रही थीं। खबर पाकर जब मैं भागा-भागा आया तो पीछे खिसकते-खिसकते अपनी खोंढराई भीत से चस्पां थी, न तन में प्राण था, न बदन पर एक सूत कपड़ा।

परिवार की उस सबसे सुन्दर औरत को, जो उनकी पतोहू थी और जिसने उनके सारे सपने, सारे हौसले छीन लिए थे—सब कुछ, उसे उनके सपनों में ही घुस कर मारा था बड़की माई ने—पूरी तरह निहत्था, निस्सहाय बनाकर बदन पर एक सूत तक न रहने दिया, तड़पा-तड़पा कर ऐसे भी, इतनी बेदर्दी से कोई किसी को मारता है भला!

बड़के बाबू के परिवार में कोई न रहा। अलबत्ता शादी बियाह में 'सिलमोहना' या 'साँझा पराती' में जब हम पट्टीदारों में मरे हुए बुजुर्गों का नाम ले-लेकर आवाहन किया जाता है—आग से जले हुए, पानी में डूबे हुए, साँप के काटे हुए या अन्य किसी विधि से प्राण त्यागे हुए पुरखे, तो बड़की माई का कोई नाम नहीं लेता, 'टेपरा' कहता है, शायद उनका नाम कोई जानता भी नहीं। वे उपेक्षित-अवहेलित रहकर अपनी लड़ाई आप लड़ती रहीं जीवन भर और जीवन के पार भी। लेकिन क्या गजब कि टेपरा का नाम आते ही घर-परिवार ही नहीं, पास-पड़ोस की औरतें भी अपनी-अपनी रुलाई रोक नहीं पातीं। उन्हें लगता है, पुकारे जाते ही वे अभी-अभी उठेंगी, पानी में फूली लाश-सी, बद्द-बद्द कर गिरेगा पानी, कीचड़, कटकर गिरेगा बदन का सड़ा मांस, भद्द-भद्द कर गिरेगी बदन-से चिपकी खून पीयी जोकें...... किसी जोंक पर पाँव पड़ते ही पिचकारी मारेगा लाल-लाल खून, नहा उठेंगी वे... इस पर मुड़कर ताकेंगी उनकी टेपरी आँख!

अब न रहौं एहि गाँव गोसाईं

"गाँव आइ रहे हो तो बीछी की दवाई लेते आना!" फोन पर माँ ने हिदायत दी। "क्यों अब महँगू काका नहीं हैं क्या?" मैंने पूछा। "हैं पर वे मन्तर भूल गये हैं।" "क्या कहती हो माँ, तुम्हीं कहा करती थीं कि बीछी क्या और साँप क्या? उनको वशीकरण का मन्तर भी आता था।"

"दुइ साल हुआ उनकी मेहरारू, भागि गयी। इसी में समझ लो।" कहकर माई ने फोन काट दिया और मैं महँगू काका की यादों में डूबने-उतराने लगा।

गाँव में किसी को बीछी मारे, वह सीधे भागता था महँगू काका के पास। वे अपने दोनों हाथों से 'डंक' की जगह को तब तक सहलाते और मन्तर पढ़ते, जब तक बीछी का विष उतर न जाये। मुझे स्वयं दो-दो बार इसी तरह के डंक के दर्द से उबारा था उन्होंने। मन्तर उन्होंने मुझे भी सिखाया था, 'सीख लो, काम आयेगा', पर उनका कोई भी मन्तर मेरी समझ में नहीं आया, सो याद न रहा।

यूँ तो गाँव में बहुत कुछ है याद करने को, अपना परिवार भी लेकिन सच पूछिए तो महँगू काका ही मेरे लिए गाँव के पर्याय थे। गाँव का कोई काज-प्रयोजन हो, महँगू काका बिन बुलाये स्वयंसेवक बनकर पहुँचे रहते और आते ही एक तरह का स्वयंभू अभिभावकत्व अपने हाथ में ले लेते। गाँव के हर पेड़-भीट, खाता-पोखर, पशु-परानी से उनका अपनापन था। महँगू बीछी झारते, साँप झारते, भूत-परेत, ब्रम्ह, पिचाश, चुड़ैल झारते। कभी-कभी डँसता था साँप और महँगू परेत झारकर चंगा कर देते, फिर सयानों की तरह हँसते, "तुम लोग का समझोगे बच्चा, वह परेत ही था, साँप का भेष बदलकर आया था। लेकिन तुम सबको धोखा दे सकते हो, महँगू को धोखा देकर निकल जाओ तो जानें।" महँगू ने कई बिगड़ैल परेतों को काशी के पिशाचमोचन जाकर कील ठोंक कर पीपर में गाड़ दिया था, मजाल था जो फिर लौट कर आया हो कोई परेत। परेतों की मारी दुखियारी औरतों की पलटन लेकर वे भभुआ के पास हरसू ब्रह्म भी जाया करते। एक और अनुष्ठान में तो मैं ही उनका

रामचेला या जमूरा बनता। वह अनुष्ठान होता चोर पकड़ने का। दे मेरे दाहिने हाथ में काजल लगाकर मन्तर से हनुमान जी का आवाहन करते। मेरे अँगूठे का नाखून कम्प्यूटर का मॉनीटर बन जाता और उस पर हनुमान जी अवतरित होते—कभी सहज भाव से, कभी काफी मान-मनौवल के बाद। चोर हनुमान जी कि गिरफ्त में होता। मैं उसकी शिनाख्त कर उन्हें बता दिया करता। यही नहीं, लोगों का मानना था कि महँगुआ को वशीकरण का मन्तर भी आता है, जिस मेहरारू को भी चाहे उसे मन्तर से बाँध कर ले आता है, मजाल है जो मेहरारू टस से मस हो जाये। पढ़ाई के लिए मैं गाँव छोड़कर शहर जाने लगा तो खासे नाराज हो गये मुझ पर, "अपनी जन्मभूमि नहीं छोड़ते बच्चा। पंछी कितना उड़े आकाश, चारा है धरती के पास!" लेकिन मुझे जाना था, मैं गया और मुझसे आज तक रूठे हुए हैं। गाँव के सबसे गुनी आदमी का नाम था महँगू। और उसी महँगू की मेहरारू भाग गयी! ताज्जुब है!

गाँव आते ही मैंने माँ से महँगू काका के पास जाने की इच्छा जतायी तो वे हँस पड़ीं, "ठीक बखत पर आये हो बेटा! महँगू को देखने पूरा गाँव जा रहा है, तुम भी आओ।" "ऐसा क्या हुआ माँ...?"

'पूछो मत। तमाशा लगा रखा है महँगू ने और का... मन्तर पढ़ रहा था मेहरारू लौटाने का और लौटा कौन तो भाई! कहा न, वह सारे मन्तर भूल चुका है।" "भाई...? उनका तो कोई भाई था ही नहीं।" "हम भी नहीं जानते। कहते हैं, बरसो-बरसों पहिले बिछड़ा था, उसका वह भाई, सो आज लौटा है। माने कि सतजुग में बिछड़ा था, और कलिजुग में आइ रहा है। अब भाई कहता है कि मैं तुम्हारा भाई हूँ, महँगू कहते हैं, "हमारा न कोई भाई, न भौजाई।" कहते हैं, "हम उड़ती चिरई का पखना गिनने वाले ठहरे, भाई बनि-बनि के बहुत लोग ठगकर ले गये, अब और नहीं ठगायेंगे।" महँगू के द्वार पर मजमा लगा हुआ था, भीड़ दो जगह पर बँटी हुई थी। एक महँगू के बाँस की फट्टी वाले टटरे के सामने। दूसरी द्वार पर नीम के पेड़ के चौरे पर। दोनों 50-55 के, गन्दुमी रंग, औसत कद, साधारण नैन-नक्श के लेकिन जहाँ वह आदमी साहबी ठाठ में था, महँगू उसके सामने भिखारी-से लग रहे थे। चौरे पर कोई... सूटेड-बूटेड आदमी के साथ पुलिस वर्दीधारी दो जवान और ग्राम प्रधान सगीर खान थे। सगीर गाँव वालों को कुछ समझा रहे थे, जो भीड़ की चख-चख के चलते सुनाई नहीं पड़ रहा था। आदमी को लोग चिड़ियाखाने के जन्तु की तरह ताक रहे थे। दूसरी ओर अपने दरवाजे पर गोजी लेकर महँगू पहरे पर खड़े थे। गाँव की कुछ औरतों, कुछ मर्दों और बच्चों ने उन्हें घेर रखा था। एक वह भी समय था जब हर पेशकार, कानूनगो, चकबन्दी अधिकारी यहाँ तक की चपरासी के भी आने पर हाथों से गुड़ का शरबत पिलाकर सत्कार किया करते। फिर धीरे-धीरे क्या हो गया कि दुनिया उलट गयी—"हम कहि रहे हैं कि एक धुर जमीन नहीं देंगे,

कोई कितना हूँ हीत-मीत, नाते-रिश्तेदार, चाहे लाट गवन्नर बनकर आये।'' महँगू से जब भी कोई नरम सुर में बात करता है, वे छनककर दूर जा खड़े होते हैं। पूछने पर राज भरे अन्दाज में परम सयाने की तरह मूड़ी हिला-हिला कर, आँखें नचा-नचाकर बताते हैं—इसकी बात में जरूर कोई पेंच है। शिवदयाल नाम के इस सूटेड-बूटेड आदमी ने मीठे-मीठे जरूर कोई बात शुरू की होगी, कि दरवाजे पर लाठी लेकर खड़े हो गये महँगू। माजरे को बूझने के लिए शिवदयाल के पास जाना होगा।

''आपने क्या कहा महँगू से''—मैंने शिवदयाल से पूछा। ''मैंने तो सिर्फ इतना भर कहा कि महँगूजी, मैं आपका भाई हूँ। वर्षों पहले बिछड़ गये थे हम...'' शिवदयाल इतने मुलायम ढंग से बोलते हैं कि उनकी सारी बातें नकली लगने लगती हैं। जैसे वह स्वतः स्फूर्त नहीं, अनुवाद की भाषा बोल रहे हों...। ''फिर?''

''फिर क्या?, आगे कुछ बोलने ही नहीं दिया इन्होंने।'' ''क्या बोलना चाहते थे आप जरा फिरसे बोलिए।'' ग्राम प्रधान ने महँगू को बुलाया, ''सुनो'' ''क्या सुनूँ? क्या, सुनाना चाहते हैं आपलोग?''

शिवदयाल के सापेक्ष महँगू की आवाज बिल्कुल सख्त, चाँड़ और आक्रामक थी।

''अरे पहले सुन तो लो।'' फिर वे शिवदयाल की ओर मुखातिब हुए।

''हाँ, अब बोलिए शिवदयाल जी, क्या बोल रहे थे?'' शिवदयाल ने उसी मुलायम टोन में कहना शुरू किया—

''आज से डेढ़ सौ साल पहले हमारे और इनके बाप-दादा एक थे। डेढ़ सौ साल पहले उन्हें फीजी जाना पड़ा एग्रीमेंट के तहत। पहले मजदूर थे—सुगरकेन... अरे वो गन्ना, ऊख की खेती। कई पीढ़ी गुजरी तो मैं आया। मैं आया तो मेरे मन में अपने मूल वतन की याद आयी। फिर फीजी से लेकर दिल्ली, दिल्ली से लेकर लखनऊ पता करते-करते पता चला कि महँगूजी हमारे खानदान के अकेले हैं। रिश्ते के लिहाज से भाई। मैंने इनसे यही कहा कि मैं अपने पितरों की भूमि देखने आया हूँ। मुझसे कसम ले लीजिए जो मैंने इनसे कोई और बात कही हो।'' शिवदयाल की आँखें भरी हुई थीं और स्वर बहुत ही मद्धम। जैसे कोई प्रार्थना की धुन बजते-बजते रीत गयी हो।

''आप चाहते क्या हैं?'' गाँव के मानिन्द ठाकुर जिलेदार सिंह ने पूछा। ''अपने पुरखों की भूमि को प्रणाम कर यहाँ की माटी लेकर चला जाऊँगा—बस!''...

अजीब कचपचाहट मची थी। किसी के दिमाग में यह बात अँट नहीं पा रही थी कि यह आदमी जो अपने को महँगू का भाई कहता है हजारों मील दूर से सिर्फ इसलिए आया है कि यहाँ की माटी ले जा सके। जो जहाँ था, वहीं से चला आ रहा था। कुछ लोग शिवदयाल से जानना चाह रहे थे, ''कौन थे आपके आजा-परपाजा?

यहाँ से सात समुन्दर पार फीजी कब गये? कैसे पता चला कि वे इसी गाँव के थे, इसी घर के? फीजी कैसा देश है, आप क्या करते हैं वहाँ? हम भी चलें तो छोटी-मोटी नौकरी मिल जायेगी?'' ऐसी पचासों जिज्ञासायें। ''सुनिये भैया।'' शिवदयाल महँगू को सम्बोधित करते हुए आगे बढ़े। ''हुवइ रुक जाओ।'' महँगू ने गोजी से एक लकीर खींची, ''इस लछिमन रेखा के पार मत आना'' ''मगर क्यों?'' ''तो सुनो'', महँगू ने कहा, ''पाँच बिगहा भुंइ रही हमरे पास पाँच...।'' महँगू ने दोनों हाथों को इतना फैलाया कि पूरा गाँव उसमें समा जाय, ''मगर अब कितनी रहि गयी...पाँच बिस्सा। दूनों ओर से दबते-दबते पतली फर्री। कायदे से हल नहीं घूमता। पाँच बिस्सा!'' महँगू के हाथ सिकुड़ कर अँजुरी बन गये, अब ''इस पाँच बिस्सा भुंई में तुम भी हिस्सा बटाने दौड़े, आये उतनी दूर से!''

''अरे नहीं भैया! मुझे आपकी एक इंच भी जमीन नहीं चाहिए, मगर मुझे आश्चर्य है, आपकी मानें हमारे पुरखों की पाँच बीघा जमीन गयी कहाँ।''

''आन्ही उड़ा ले गयी, पानी बहा ले गया।'' महँगू ने तंज से कहा, ''अरे जायेगी कहाँ, यहीं माई-मामा लोगों के पेट में है। खाली खेत-इ नहीं, चार पेड़ आम, एक पेड़ शीशम, दुई पेड़ कटहर, एक पेड़ महुआ भी। अब इस नीम और पाँच बिस्सां भुंइ को छोड़कर कुछ नहीं हैं अपने पास।'' भीड़ में अजीब कचपचाहट मची थी। शिवदयाल के साथ आये पुलिस के जवानों पर बातों का इतना प्रभाव अवश्य पड़ा कि महँगू काका महंगुआ से दोबारा महँगू बन गये, माने उनकी एक छिनी हुई चीज कम से कम उन्हें वापस मिली।

''आप नाम तो बतायें, सरकार से हम दिलवायेंगे, आखिर हमारा भी कुछ कर्तव्य बनता है।'' शिवदयाल ने कहा। ''अरे आप हमारे मेहमान, हमारे गाँव की शान हैं। आप खामखा क्यों परेशान होंगे, हम देखते हैं।'' ओदई तेवारी ने कहा। ''हाँ-हाँ भाई, गाँव की बात है।'' भीड़ से कई आवाजें आयीं।

''तो दिवा दो न; ये रहे ओदई तेवारी, ये रहे घुरबीन जादव, ये रहे...'' महँगू की सूची बढ़ती गयी। ''और कोई?'' इस बार जिलेदार सिंह ने व्यंग्य से पूछा।

''तुम, तुम, ये, ये, ये, ये, ये'', वह जैसे बोली नहीं, गोली दाग रहे थे एक-एक पर।

''अरे तो उसमें का है, चलो अर्जी लिखाकर, ले चलो पैमाइश कराइ लो।''

''यही तो!'' सयानों की तरह मुंडी हिलाने लगे महँगू ''ये पेशकार, कानूनगो, परधान, ये थाना, ये पुलिस, ये जाँचने वाले, पैमाइश करने वाले ये कोरट, ये कचहरी..., सब ने लूटा।'' लोग बोले मुकदमा दायर कर दो। ''जो घर की भूजी भाँग थी, वह भी झार-झटक कर ले गये मामा लोग। हम इनका बिख उतारते रहे, वाहवाही में भूले रहे और ये हमें डँसते रहे, बींधते रहे। पीठ पीछे हँसते हैं, सार मुरुख

है। मान गया, सम्मान गया, मेहरारू गयी, हम महँगू भगत से महँगुआ ह। [illegible] हम बोले अब मुरुख को और कितना मुरुख बनाओगे। अब हम हैं और ई हमारी गोजी है। इसी से कुकुर, बिलार, लोमड़ी, सियार, साँप-बिच्छू, भूत-परेत सबको हड़काते हैं और मनई को भी...जिस दिन मू जायेंगे—यह भी करेजे में डल लेना।'' ''आपने कहा नहीं किसी से?'' शिवदयाल ने पूछा। ''सबके पास गये, सब के पास—भैया हो, हम पर जुलुम हो रहा है, बाबू हो, हमको दबाया जा रहा है, सब चुपा जाँय, खिस्स-खिस्स हँसैं। हमने कहा कल कि तुमरे साथ भी यही होगा, इन मीठा बोलने वालों से सावधान, इनके काटे लहर नहीं आयेगी, आज हमारी जमीन लिए, कल तुमरी जमीन ले लेंगे। कोई न आया साथ देने। अब सब बैठकर रो रहे हैं। इस्परेसवे (एक्सप्रेसवे) और का-का तो बन रहा है। जहर-माहुर खाने की धमकी दे रहे हैं।'' ''आप अपने भाई को समझाइये।'' परधान ने शिवदयाल से कहा, ''जमीन पैमाइश से निकल आयेगी लेकिन इन्हें कोर्ट-कचहरी तो जाना पड़ेगा न! ये तो सनक गये हैं, सठिया गये हैं मनरेगा में भी नहीं जाते।''

''मनरेगा...? ऐ परधान, महतमा गाँन्ही को जीते जी मारे और मरे पर भी मारो और चाहते हो कि उसकी कमाई में हम भी शामिल हो जावैं।'' ''देखिये-देखिये, कह रहा था न, सठिया गये हैं, मनरेगा को भी लूट बता रहे हैं।'' ''मुँह न खुलवाओ, गाँव के सबसे जरूरतमन्द मजूर कौन हैं—तो ये जिलेदार सिंह के दुई भाय, ओदई तिवारी के भएने, मन्नानखाँ के दमाद...।'' ''इसको तो पागलखाने में डाल देना चाहिए, वरना...।'' परधान खिसिया गये।

कितनी-कितनी बातें...! अजीब तमाशा लगा था। भीड़ में कौन किससे क्या कह रहा है, सुन और समझ पाना मुश्किल। तभी एसडीओ के साथ शिवदयाल सामने आये। हाथ में हजार-हजार के कुछ नोट थे, बोले, ''आप इसे रखिये। यहाँ एसडीओ साहेब से बात हो गयी है, मैं चीफ मिनिस्टर को भी बोलने जा रहा हूँ। उम्मीद है, पुरखों की जमीन आपको मिल जायेगी। क्योंकि वो अब आपकी नहीं हम दोनों की जमीन है। रहेगी वो आपके पास?'' महँगू ने हाथ समेट लिए, ''ना।'' मुझे लगा यही वक्त है महँगू काका के पास जाने का... ''काका!'' मैंने पुकारा, ''छी! तुम तो साँप, बीछी, भूत, परेत, चुड़ैल, पिशाच सबका मन्तर जानते थे, मेरे नख-दरपन में हनुमान जी को मना कर लाते और चोर पकड़ते फिर...?''

''सारे मन्तर भूल गया बच्चा!''

''चलिए कोई बात नहीं लेकिन शिवदयाल जी ने आपका क्या बिगाड़ा है? सात समन्दर पार से सात जनमों के बाद मिलने आये हैं। इनसे तो कायदे से मिल लीजिये। पता नहीं बिछड़ा भाई कभी मिल पाये या नहीं।'' महँगू ने सर उठाया, अपनी ही खीची लछिमन-रेखा से बाहर आकर बोले, ''इस पैसे को रख लो

भाय...। और हो सके तो हमहूँ को लिवाय चलो हुँआ। इस गाँव को हमें डेढ़ सौ बरिस पहिले ही छोड़ देना था, डेढ़ सौ बरिस पहिले न सही, डेढ़ सौ बरिस बाद ही सही! यही न!"

"यह क्या कह रहे हो कक्का... इसी गाँव में तुम्हारे प्राण बसते थे। पढ़ने के लिय बाहर जाने लगा तो तुम इतने नाराज हो गये कि आज तक सीधे मुँह बोलना तक छोड़ दिया और तुम...?" महँगू काका ने कोई जवाब न दिया उनके सारे शब्द जैसे चुक गये और आँखों से धारा बह रही थी। डेढ़ सौ बरस की दूरी पर खड़े थे दो भाई। एक भाई हजारों मील की दूरी से उस माटी-पानी के लिए तरस रहा था और दूसरा उसे तत्काल छोड़ देने के लिए कह रहा था—"इस गाँव को हमें डेढ़ सौ साल पहले छोड़ देना चाहिए था, तब न सही, डेढ़ सौ बरस बाद ही सही।" क्या कह रहे हैं महँगू कक्का? इतनी नफरत क्यों हो गयी उस गाँव से? तुम्हारी उमर क्या है 50, 50 वर्ष का आदमी 150 साल पीछे की बात जानकर गाँव छोड़ देने का फैसला कर रहा है। बुद्धि शीर्षासन करने लगी। क्या मतलब? महँगू कक्का के बहुत से अबूझ मन्तरों की तरह यह भी कोई मन्तर है क्या, जिसे मैं समझ नहीं पा रहा हूँ!

लाश

मुख्तसर में माभला सिर्फ इतना है कि कोई अभागा रात को किसी ट्रेन से कट गया था।

सुबह-सुबह ट्रेन पकड़ने वालों की ही निगाह उस पर गयी। पहले लोगों ने डरते-डरते उसे दूर से देखा फिर साहस कर करीब से और अनुमान लगाने लगे। देखते-देखते एक खासा मजमा जमा हो गया। फिर उस लाश में से हर किसी को एक बार अपनी-अपनी लाश का दर्शन हुआ तो बेचैन हो उठे।

''कौन था?''

''कहाँ का रहने वाला था?''

''अपनी गलती से मरा या किसी ओर की?''

''कहीं किसी ने मारकर ध्यान बँटाने के लिए उसे ट्रेन की पटरियों पर तो नहीं लिटा दिया?''

ऐसी तमाम जिज्ञासाएँ मरने वाले की डूबती नब्ज-सी धड़कने लगीं।

लाश पहले पहेली बनी, फिर कहानी, फिर कविता और फिर खबर।

कुछ लोगों ने अपने नागरिकता बोध के तहत इस खबर को स्टेशन मास्टर तक देना जरूरी समझा।

''फरमाइये।'' स्टेशन मास्टर ने रजिस्टर पर नजरें झुकाये हुए ही भीड़ का आयतन और घनत्व तौलते हुए अपने खास मुंशियाने अन्दाज में पूछा।

''जी वो क्या है कि एक आदमी रेल से कट गया है।'' चौधरी बाबू ने कहा।

लगा स्टेशन मास्टर बहरा है। पर नहीं, कुछ लमहों के बाद उसकी आवाज उतरायी, ''कहाँ?'' जैसे इतनी देर तक वह लाश को ही ढूँढ़ रहा था।

''वो दक्षिणी निकास की पटरियों के पास।''

''तो?''

लोग इस सपाट 'तो' पर एक दूसरे का मुँह ताकने लगे?

''जी, वो क्या है...'' चौधरी बाबू ने कुछ कहने के लिए अपना तकिया कलाम पकड़ा, मगर स्टेशन मास्टर ने बीच में ही तकिया हटा ली, ''वो क्या है, हम नहीं जानते, हम तो बस इतना जानते हैं कि वह जगह रेलवे की नहीं है।''

''जी।''

''जी। यहाँ वक्त बरबाद करने से कोई फायदा नहीं है, बेहतर हो आप लोग थाने में सम्पर्क करें।''

लोग थाने को किसी भी कीमत पर एवायेड करना चाह रहे थे। इसी प्रयास में एक तर्क का तिनका हाथ लग गया, ''पर कटा होगा वह ट्रेन से ही।''

''आपने देखा है कटते हुए?'' स्टेशन मास्टर ने उस व्यक्ति को घूरा तो वह सिटपिटा गया, ''लाश रेलवे की जमीन पर नहीं है बस और कुछ कहना है?''

स्टेशन मास्टर की कानूनी बेरुखाई का विश्लेषण करने की मुहलत न मिली। सुबह की पैसेंजर आ गयी थी। जाने वाले अपने सवालों के साथ उस पर सवार होकर चलते बने।

लाश ने नयी भीड़ बटोरी और उसे ठेल कर थाने तक ले आयी।

वहाँ अलग ही आलम था। छोटे दारोगा भीड़ को देखते ही बाहर आ गये, ''क्या बात है?''

''सर, टीशन के बाहर एक ठो लाश।'' इस्माइल ने कहा, छोटे दारोगा के चेहरे पर पहले राहत छलकी, फिर मनहूसियत, ''किसकी लाश।''

''क्या पता सर, पटरी के बगल में है–थोड़ी दूर पर।''

''तो रेलवे के पास जाते।'' उन्होंने घूरते हुए सवाल किया?

''गये थे सर। उन लोगों ने कहा कि लाश रेलवे की जमीन पर नहीं है, थाने जाइये।''

''उन्होंने कहा और आप पूँछ उठाये चले आये थाने?''

लोगों को लगा, ''वाकई यह तो गलत हुआ।'' लोग अपराधबोध से ग्रस्त हो गये।

छोटे दारोगा दूसरे कामों में व्यस्त हो गये। भीड़ में कानाफूसी होती रही, "अब क्या किया जाय?"

इस्माइल साहब ने खँखार कर किसी तरह फिर साहस सँजोया, ''साहब, एक बार चलकर मुआयना कर लेते तो।''

''हमारी समझ में ये नहीं आता कि आप लोगों का उस लाश से इतना इंटरेस्ट क्यों है?''

''सर हमारे ही मुहल्ले में है, इत्तला करना जरूरी था।''

''हूँ!'' लम्बी हुंकारी भरकर दारोगा पेपर वेट नचाने लगे, मानो लाश को

उलट-पलट कर देख रहे हों, ठीक है जाइये, हम तहकीकात के लिए आ रहे हैं, तब तक लाश को कोई डिस्टर्ब न करे।''

''बड़ी मेहरबानी हुजूर!'' इस्माइल साहब ने कृतज्ञ भाव से कहा और दल-बल समेत लौट आये।

मेहरबानी होते-होते शाम हो गयी। तब तक मुहल्ले वाले लाश के गिर्द बैठ कर पहरा देते खुद आधी लाश बन चुके थे।

लाश अब नाटक बन गयी। इस पार थाने वाले आ जुटे थे, उस पार स्टेशन वाले, बीच में रेल की पटरियों के दक्षिण में उड़ती हुई मक्खियों और इन्सानों के बीच लाश? थाने और स्टेशन में दुआ-सलाम हुआ, कुशल-क्षेम, व्यक्तिगत आयोजन-प्रयोजन टटोले गये जैसे अपने-अपने इलाके के दो दादा करते हैं फिर दरोगा ने रजिस्टर खोल कर पहला सवाल दागा, ''लाश को पहले-पहल किसने देखा?''

जवाब में चुप्पी पसर गयी। दरोगा के बार-बार डाँटने के बावजूद जब कोई स्वीकारोक्ति कहीं से भी न बरसी तो वे नक्शे पर ही बरस पड़े, ''किस गधे ने कहा कि लाश रेलवे की जमीन पर नहीं है?''

अग्रवाल साहब ने डरते-डरते कहा, ''सर स्टेशन मास्टर सामने ही खड़े हैं?''

दरोगा ने अपना नक्शा लहराया, जैसे स्टेशन मास्टर को झण्डी दिखा रहे हों, ''क्यों साहब यह आपकी जमीन नहीं है?''

स्टेशन मास्टर ने उधर से अपना नक्शा लहराया, ''जी नहीं।''

''नहीं कह देने से काम नहीं चलेगा, नक्शे को गौर से देख लीजिये।'' दरोगा ने चीखते हुए कहा।

''देख लिया है साहब! आप ठीक से देख लीजिये।'' स्टेशन मास्टर ने उधर से चीखकर जवाब दिया। थोड़ी देर तक माथा पच्ची हुई फिर नक्शों को समेटते हुए दोनों विपरीत दिशाओं की ओर मुड़ गये तो मुहल्ले वालों ने कातर स्वर में फरियाद की, ''साहब, इस लाश को ठिकाने तो लगाते जाइये। साहब!'' मानो लाश स्वयं अन्दर से फरियाद कर रही थी सबसे।

''यह हमारी लाश भी नहीं।''

''हमारी लाश भी नहीं।''

दोनों साहबों के विपरीत मुखों से एक ही जवाब आया।

''फिर लाश किसकी है?''

सवाल लाश बन गया—''सर, हम लोग इसे दफना दें?''

तो क्या लाश ही कानून है?

मुहल्ले वाले करते क्या, पुलिस और प्रशासन के सामने उनकी औकात ही क्या थी। सो वे लाश को ही कोसने लगे, ''इस मुए को भी मरने के लिए और

जगह नहीं मिली। अरे यहीं मरना था तो जरा बायें खिसक कर मरता, सो, नहीं, ऐन कानून की हद पर ही आ मरा। अब फटी-फटी आँख से देखते क्या हो, सड़ो और खुद के साथ-साथ हमें भी सड़ाओ।'' लाश शर्मशार हुई जा रही थी।

''मुंसीपालटी' वाले आये मगर कानून की जंग देखकर फैसला होने तक लौट गये।

शाम तक दल उपदल में मुहल्ले के शेर कहे जाने वाले लड़के आये। आते ही उन्होंने ललकारा, ''लाश की जगह अगर सोना होता तो स्टेशन की भी जमीन निकल आती, थाने की भी।'' समझा-बुझाकर कुछ को शहर घूम आने का अलिखित पास दे दिया गया, जो न माने उन्हें अमन में खलल डालने की दफा लगा कर थाने में बन्द कर दिया गया।

दूसरे दिन लाश फूलकर बदबू देने लगी तो स्टेशन जानेवालों ने रास्ता बदल दिया पर मुहल्ले वाले कहाँ जाते? सो, चौधरी साहब ने सुझाया, ''क्यों न पंचनामा करके लाश को हमी फूँक दें?''

''खुद फुँकना है क्या?'' अग्रवाल साहब ने टोका, ''जहाँ दो-दो कानून के रखवाले इसे छूने से कतरा गये, वहाँ आप चले हैं लाश का सत्कार करने।''

''यह एक अहम सामाजिक, धार्मिक, राजनीतिक, राष्ट्रीय यहाँ तक कि अन्तर्राष्ट्रीय मसला बन सकता है।'' एक वकील साहब ने नाक पर रूमाल दबाते हुए समस्या की गम्भीरता स्पष्ट की, ''देखते नहीं, तिनके से कैसे तूफान खड़े कर लिए जाते हैं।''

''ब्लीचिंग पाउडर ही डाल दिया जाये।'' एक विज्ञान के छात्र जिसने हाल ही में उसके सूत्र और गुण याद किये थे, सुझाया।

''सबूत खत्म करोगे क्या? क्या पता कब गड़े मुर्दे को उखाड़ने वाले चले आयें।'' इस्माइल साहब ने थूकते हुए कहा?

''तो क्या हम उल्टियाँ करते फिरें?'' मुसम्मात बुआ ने पूछा।

''जिलाधीश के पास चला जाय।'' एक सुझाव आया, मगर चूँकि उनसे मिलना आसान नहीं था, सो प्रस्ताव ठण्डा पड़ गया।

''अमा! कोई तो मिलेगा? हेल्थ वाले—क्या नाम पर्यावरण वाले?''

एक कुर्सी पर दो-दो अफसर हैं, एक ट्रान्सफर आयें हैं, दूसरे ने कुर्सी छोड़ी नहीं है, कौन लेगा इस केस को? मुर्दे को कहाँ-कहाँ घसीटोगे?''

''एक सूरत है, बस वो अपना प्रियदर्शी अखबार में इसे छपवा दें, देखो लाश खुद भागती नजर आयेगी।''

''वो प्रियदर्शी, अरे उसे तो खबर लिखने के लिए एक बोतल दारू चाहिए। बिना दारू के वह कोई खबर नहीं भेजता। फिर सुना है, किन्हीं केसों में दारू के

साथ दाम भी चाहिए होते हैं उसे।''

थोड़ी-थोड़ी दूर तक हर प्रस्ताव तैर कर वापस आ गया पर लाश को पार-घाट न लगा सका।

धीरे-धीरे लोगों में एक उदासीनता समाती गयी। ''जो सब पर बीतेगी, हम भी झेल लेंगे।''

लाश से जुड़ी तमाम चेमेगोइयाँ और सरगोशियाँ आँधी की धूल-सी क्रमशः थमती गयीं। लाश के चक्कर में कुछ कुत्ते, कुछ गीध ट्रेन से कटकर खुद लाश बन गये। बदबू बढ़ती ही जा रही थी, मगर मुहल्ले वाले कब तक भागे-भागे फिरते। हवा के घूमते ही बदबू से नहा कर उल्टियाँ करने लगते, पर सह जाते। धीरे-धीरे अगरबत्तियों की खपत बढ़ने लगीं। घरों में अगरबतियाँ सुलगती रहतीं, बैंक, स्कूल, कॉलेज, अस्पताल हर जगह अगरबतियाँ ही अगरबतियाँ यहाँ तक कि स्टेशन और थाने में भी। अपनी लाल, पीली, हरी रोशनियों में स्टेशन किसी बड़े जिन्न-सा घूरता रहता, एम्बुलेंस, वी.आई.पी. वाहनों की कलंगी पर जलती-बुझती लाल नीली रोशनी आँख मटकाती रहती। हम चारों ओर से श्मशान भूमि से घिरे नजर आते।

आज चौथा दिन है। अब लाश के इर्दगिर्द आदमी नहीं जुटते, जुटते हैं कुछ गिद्ध, कुछ कुत्ते, कुछ कौवे, कुछ कीड़े। दो खाकी वर्दीधारी दक्षिण में और दो उत्तर में सिर्फ इस बात की सख्त निगरानी पर पहरे पर बने रहते हैं कि लाश एक इंच इधर या उधर न खिसक जाये।

लाश फूलती ही जा रही है, सब को ढकती ही जा रही है। पहले इसका आकार छोटा था, अब निरन्तर फूलते-फूलते वह पूरे मुहल्ले से बड़ी होती जा रही है। इसका फूलना अभी जारी है।

महाकुम्भ का महावृत्तान्त

लाख-लाख कहानियाँ कही-सुनी और गुनी जाती हैं। कुछ पक्की, कुछ कच्ची, कुछ झूठी, कुछ सच्ची! मगर मैं जो कहानी आप को सुनाने जा रहा हूँ, वह झूठी नहीं, सच्ची है—सौ फीसदी सच्ची! एक बात और, आपने पुनर्जन्म सिर्फ सुना भर होगा, हमने उसे देखा है। है न हैरान कर देने वाली बात! यह कहानी मेरे सीनियर सहकर्मी नन्द कुमार बैनर्जी की है। बाँकुड़ा जिले के चिरंजीव ग्राम के नन्द कुमार बैनर्जी! आप सोच में पड़ गये होंगे, कौन थे ये नन्द कुमार! कोई इतिहास पुरुष तो नहीं? सच चिरंजीव ग्राम के इतिहास पुरुष ही थे नन्द। अब आप पूछेंगे कि इतिहास पुरुष थे तो कौन-सा इतिहास रचा उन्होंने, कौन-सी लड़ाई लड़ी, जीती या हारी उन्होंने। गाँव वाले बतायेंगे—महाकुम्भ की लड़ाई!

आप हँस दोगे तो वे आपकी नादानी पर हँसेंगे। आपको पता है, बारह वर्ष बाद गंगा-यमुना के संगम प्रयाग यानी इलाहाबाद में कुम्भ होता है। कुम्भ नहीं महाकुम्भ! उन दिनों संगम में स्नान करने के लिए दूर-दूर से लाखों धर्म प्राण हिन्दू आते हैं। अलग-अलग अखाड़ों से लाखों साधु-संन्यासी भी। कहने को ये साधु माया-मोह, ईर्ष्या, द्वेष से दूर होते हैं, परम त्यागी लेकिन वास्तव में ऐसा होता नहीं। इन साधुओं के अलग-अलग गिरोह होते हैं जिन्हें अखाड़ा कहा जाता है। संगम में कौन पहले स्नान कर पुण्य लाभ करेगा इस बात को लेकर युद्ध होता है। आप ऊबकर कहोगे, यह सब हम जानते हैं, इसमें नन्द कुमार की कहानी कहाँ से जुड़ती है।

गाँव वाले बतायेंगे, जुड़ती है। वो ऐसे कि उस बार आजादी मिलने के बाद का पहला महाकुम्भ था और नन्द कुमार भी अपनी पत्नी और गाँव वालों के साथ कुम्भ स्नान के लिए गये थे। महाकुम्भ के प्रथम स्नान का वह दृश्य किसी महायुद्ध से कम न था। कुछ साधु हाथी पर सवार थे, कुछ सिपाही घोड़े पर। फौज, और पुलिस के जवान! इस बीच तब के प्रधानमन्त्री नेहरू का आगमन हुआ। इधर नागा संन्यासी, उधर हाथी, सबसे ऊपर प्रधानमन्त्री!

ऐसा हड़बोंग मचा कि पूछो मत। कितने तो हाथियों से कुचला गये, कितने भगदड़ से कुचला गये। अपनों से बिछड़े लोगों की संख्या का तो हिसाब ही नहीं। चारों तरफ रोना-बिलखना, चीख-पुकार, अफरा-तफरी का आलम। किसी की कुछ समझ में नहीं आ रहा था कि क्या किया जाये।

एक जगह पर जहाँ-तहाँ से घायल और मुर्दे लाकर उलीचे जा रहे थे। सेना वहाँ खड़ी थी स्थिति को सँभालने के लिए। सेना के जवानों ने दो भाग किये थे घायलों के मलबे के—एक वे जो मर गये, दूसरे वे, जो जिन्दा हैं।

एक जवान दोनों हाथ पकड़ता, दूसरा दोनों पाँव। झुलाते हुए दोनों पूछते—जिन्दा या मुर्दा? फिर जो जीवित होता, उसे जिन्दा वालों के बीच फेंकते जो मर चुका होता, उसे मरे लोगों के बीच।

अपने नन्द कुमार भी उसी मलबे में पड़े हलके-हलके 'मागो! मागो!' कहकर कराह रहे थे।

जवानों ने जब उनकी टाँगें और बाँहें झुलाते हुए पूछा, "जिन्दा या मुर्दा?" तो उन्होंने जान लगाकर कहा, "जिन्दा!" तब उनमें से एक लालची सिपाही ने धीरे से कहा—"टेंट में जो कुछ भी है निकालने दे, नहीं तो 'मुर्दा' वाले ढेर में फेंक देंगे।"

"हाथ तो आपने पकड़ रखे हैं।" नन्द कुमार मिमियाये।

नन्द कुमार को बगल रख दिया, "निकाल पैसे।"

नन्द कुमार ने छूटते ही गुहार मचायी, "माँ काली की कसम मैं जिन्दा हूँ। मेरे गाँव वाले बिछड़ गये हैं, पत्नी भी। पैसे भी नहीं हैं मेरे पास।"

"तब हम तुम्हें मुर्दे वाले ढेर में फेंक देते हैं।" यह कहते हुए जवानों ने उन्हें दोबारा उठाना चाहा कि उन्होंने गिड़गिड़ाकर कहा, "ये सिर्फ दस रुपये हैं। सिर्फ दस रुपये। मेरा खर्चा...!" जवानों ने दस रुपये लेकर उन्हें जिन्दा बना दिया।

नन्द कुमार को सिपाहियों ने जिन्दा की सनद देकर छोड़ तो दिया लेकिन गाँव वालों के लिए वे मर चुके थे। इस निष्कर्ष पर आने के पहले उन्होंने नन्द कुमार को तलाशने में कोई कोर-कसर नहीं छोड़ी थी। कैम्प-कैम्प, थाना-थाना, टेंट-टेंट, हाकिम-हुक्काम, कहाँ-कहाँ नहीं ढूँढ़ा! महीने भर तक इन्तजार भी किया कि जिन्दा होंगे तो भूले-भटके रात-विरात आ जायेंगे। जब नहीं आये तो उनका अन्तिम संस्कार कर दिया गया।

तीसरे महीने आधी रात को अचानक चिरंजीव ग्राम के कुत्ते भौंकने लगे और इसके साथ ही नन्द कुमार के घर के बन्द दरवाजे पर दस्तक हुई।

"के?" अन्दर से नन्द कुमार के बाप ने पूछा।

"आमी नन्दो (मैं नन्द)!"

फिर तो जो हुआ वह अजीब ही था।

दरवाजा खुलते ही भूत समझकर पत्नी, माँ और दूसरे लोग भाग चले। वे जिधर भी जाते भगदड़ मच जाती। बड़ी मुश्किल से वे अपने खानदान, पूरे गाँव का परिचय और अपनी आपबीती बताकर गाँव के लोगों और अपने परिवार को यकीन दिला सके कि वे नन्द कुमार बैनर्जी ही हैं।

लोगों ने लालटेन और टॉर्च की रोशनी में देखा कि भीड़ में कुचले जाकर बदन त्रिभंगी हो गया था, जो कभी ठीक न हो पाया। लेकिन थे नन्द कुमार ही।

काली मन्दिर के सामने के जिस चबूतरे पर उनका श्राद्ध भोज हुआ था, उसी पर उनके पुनर्जन्म का भोज सम्पन्न हुआ। कई-कई गाँव के लोग आये हुए थे उन्हें देखने और पुनर्जन्म का भोज खाने। पिछले महीने ही नन्द कुमार की वास्तविक मृत्यु हुई।

मैं उनके घर गया, उनकी वृद्धा पत्नी से इधर-उधर की बातें होती रहीं। जो सबसे ताज्जुब की बात बताकर उन्होंने मुझे चौंका दिया वह थी–

"उसका लाख-लाख धन्यवाद, उसने मुझे विधवा के कलंक से बचा लिया। हालाँकि अपने इसी टेढ़े-मेढ़े, दबे-पिचके पति से मेरे तीन बेटे, दो बेटियाँ हुईं। मगर मुझे आज तक यकीन नहीं रहा कि मैं पति के साथ रह रही थी, या पति के भूत के साथ!"

आइडिया

यकीन करें, न करें, ये जो दो व्यक्ति बालाजी मन्दिर की सीढ़ियों पर बन्दरों की तरह उदास भाव से बैठे हैं, जिनके नाम रामैया और सोमैया है, वह न तो मन्दिर के पुजारी हैं, न राह के भिखारी। अलबत्ता थे कभी दोनों के दोनों ही। पर वह पाँच साल पहले की बात है। पूरी कथा जानने के लिए आपको पाँच साल पीछे लौटना होगा जब बेरोजगार रामैया और सोमैया सड़क नापा करते थे।

आसमान से नहीं टपके थे रामैया-सोमैया। आसमान से तो टपके थे बन्दर। बन्दर के हाथों टपका था अखबार और अखबार के हाथों टपका था टेण्डर। है न मजे की बात, पर थी, कुछ ऐसी ही। पाँच साल पहले जब इस पत्थर घाटी के बानरों से भरे इलाके में एक बार एक बन्दर अपनी तमाम चपलता के बावजूद ट्रक की चपेट में आ गया तभी संयोगवश एक ओर से प्रकट हुए रामैया, दूसरी ओर से सोमैया और बीच से प्रकट हुई उनकी तकदीर। बड़े धूमधाम से वानर को हनुमान जी बता कर अन्त्येष्टि की गयी फिर सरकारी जमीन पर कब्जा करके, ट्रक और राहगुजर से चन्दा लेकर एक मन्दिर। प्रचार यह किया गया कि पत्थर घाटी के हनुमान जी अत्यन्त जाग्रत देवता हैं, जो माँगो, मिलता है।

बालाजी का यह मन्दिर दिन दूनी रात चौगुनी गति से खड़ा होने लगा और चढ़ावे की परत से रामैया और सोमैया के बदन पर चढ़ने लगी चिकनाई की परत। बात यहीं नहीं रुकी। दोनों ने बगल में और दो-दो एकड़ जमीन कब्जिया कर उसे बाकायदा धार्मिक केन्द्र या हब के रूप में विकसित करने की सोच ली।

चूँकि, इस क्रिया में काफी पैसों की जरूरत थी, सो, वे दिन-रात पैसे उगाहने की एक से बढ़कर एक शातिर चालों में मशगूल रहते। इन्हीं शातिर चालों में से एक थी वह चाल जिसकी हम चर्चा करने जा रहे हैं और जिसके चलते बालाजी मन्दिर के दोनों कथावाचक आज खुद कथा के पात्र बने आपके सामने पड़े हैं।

उतरते बसन्त का ऐसा ही कोई ढलता दिन था। पत्थर घाटी में बन्दर ऊधम

मचा रहे थे। रामैया और सोमैया मन्दिर के बाहर दो खाटों पर लेटे शाम की आरती का इन्तजार कर रहे थे। मना रहे थे कि कोई मोटा सेठ आये, आरती में भाग ले, उसकी अटैची छूट जाये और अटैची में हजार-हजार के हजारों गुलाबी नोट हों। तभी एक बन्दर द्वारा दूसरे बन्दर को खदेड़े जाने के क्रम में ऊपर से कुछ गिरा। वह एक अखबार का टुकड़ा था। रामैया ने उठाकर देखा और खुशी से उछल पड़ा, ''कहते हैं, खुदा जब देता है, छप्पर फाड़कर देता है।''

सोमैया ने अखबार खोल कर देखा, ''बन्दर पकड़ने का टेण्डर था। बन्दरों से त्रस्त तीस-एक क्षेत्रों से बन्दरों को पकड़ कर किसी अभयारण्य में छोड़ आने का टेण्डर! सरकार ने मोटे तौर पर एक प्रारूप भी तय कर दिया था—फी बन्दर की खुराक के लिए प्रतिदिन दो-दो केले, सौ-सौ ग्राम चने आदि-आदि एक बन्दर पर अस्सी रुपये प्रतिदिन खर्च करने का प्रावधान था।

''यार, अस्सी रुपये कम नहीं है क्या?'' रामैया कुरमुराया।

''पत्थर पड़े हैं अक्ल पर, अरे केले की साइज तो नहीं लिखी न—न ही चने वने की। जरूरी है कि टॉप ग्रेड के केले और काबुली चना ही हो...।'' सोमैया ने समझाया।

''लेकिन उतने बन्दर पकड़ पायेंगे हम?''

''सौ के लगभग तो अपनी पत्थर घाटी में ही हैं, बाकी बहुत-से मन्दिरों को ऐसे-ही समझ लो। एक बन्दर से पचास भी बचे तो पचास—एक हजार तो बैठे-बिठाये एक ही क्षेत्र से। ऐसे तीस क्षेत्र हैं। संख्या और भी बढ़ सकती है।'' यह कहते हुए सोमैया ने होठों पर जीभ फेरी, ''खुद बालाजी महाराज ने यह सौभाग्य हमें दिया है कि अभागों, दिन रात हाय पैसा, हाय पैसा करते रहते हो, रुपये पतझड़ के पत्तों की तरह झड़ रहे हैं, लो बटोरो, कितना बटोर पाते हो।''

रामैया ने 'किन्तु' में 'परन्तु' जोड़ा, ''तुमने कैसे मान लिया कि ये टेण्डर तुम्हें ही मिलने जा रहे हैं?''

''मामूली बात है। एकदम कम का टेण्डर भरेंगे, धार्मिक मसला है। हमारी तुम्हारी तरह कम ही लोगों का जिगरा होगा इस मधुमक्खी के छत्ते में हाथ डालने का।'' रामैया चुप हो गया। शाम की आरती का समय हो चला था। कुछ गाड़ी वाले आ गये थे। आरती-पूजन के बाद पूजा-प्रसाद पाकर वे लौटे तो फिर एक 'परन्तु' रामैया की जुबान पर था—

''सोमैया, तूने कभी कोई बन्दर पकड़ा है?''

''नहीं, और तूने...?''

''मैंने क्या, मेरे बाप ने भी नहीं।''

''तो...?''

"तो क्या? बन्दर न तुम्हें पकड़ना है, न मुझे। बन्दर पकड़ेगी एक टीम। उस टीम में बन्दर पकड़ने वाले, उसकी देखभाल करने वाले, एक जालीदार पिंजरा, फन्दा रहने, खाने, पीने, स्वास्थ्य-सफाई ट्रांसपोर्टेशन, सरकारी कागजात, सम्पर्क सुरक्षा...सब होंगे। कल सबसे पहले टेण्डर की कार्रवाई, फिर टीम गठित करने का काम करना होगा।"

"पैसा?" रामैया ने सवाल टाँका।

"दो-दो एकड़ खेत और मन्दिर की प्रॉपर्टी तो हई है फिर पैसे से पैसा आयेगा न? आखिर बालाजी का काम है, हमारे अपने निजी स्वार्थ का तो नहीं।" सोमैया ने समाधान दिया।

"सो तो है।" रामैया सन्तुष्ट हुआ। रात भर उनके सपनों में बन्दर उछल-कूद मचाते रहे, रात भर रुपये पत्तों की तरह झरते रहे...। ऐसी कई रातें, कई दिन..। आखिर बाला जी की कृपा हुई। टेण्डर उनके नाम खुल गया। टेण्डर नहीं लॉटरी!

टीम भी जोड़ ली दोनों ने। फन्दे-वन्दे भी आ गये। जालीदार ट्रक-वक भी। तय हुआ कि इधर बन्दर पकड़े जाते रहें, उधर उन्हें जंगलों में छोड़ आने का काम भी चलता रहे।

टीम ने बन्दरों की पहली खेप पकड़ने का अभियान छेड़ा। बन्दरों ने दाँत निकाल कर बन्दर घुड़की दी। रामैया-सोमैया ने भी दाँत निकाल कर घुड़की का जवाब दिया। तभी एक गड़बड़ी हो गयी। दोनों बन्दरों के ऐन सामने ही प्रसाद का लड्डू खाने की बेवकूफी कर बैठे। बन्दर ने दोनों को एक-एक चाँटा रसीद कर लड्डू छीन लिए। कुछ एक सदस्यों को बन्दरों ने काट भी लिया। ऐसी कई प्रारम्भिक दिक्कतें आयीं पर धीरे-धीरे वे इन पर विजय प्राप्त करते गये। अब वे इस कला के विशेषज्ञ बनते जा रहे थे। बन्दरों को भेजने की पहली खेप तैयार हुई। दल के लोग भी बैठे, बन्दर भी।

"इन्हें कहाँ छोड़ा जायेगा साहब?" ट्रक के ड्राइवर ने पूछा।

पचास किलोमीटर दूर, कहीं भी...!" सोमैया ने कहा।

"सोमैया ने मसले को जितना आसान समझा था, वह उतना ही कठिन सिद्ध हुआ। ट्रक जहाँ भी जाता, शोर मच जाता, 'यहाँ नहीं, यहाँ नहीं।' कई खदेड़ लेते। बन्दरों की पहली खेप लेकर ट्रक सारी रात भटकता रहा। सुबह वापस फिर पत्थर घाटी।

"वैसे तो सभी बनते फिरेंगे हनुमान जी के खांटी पुजारी। लेकिन इन बन्दरों को स्वीकारने को कोई तैयार नहीं। क्या जमाना आ गया है।" रामैया ने थकी आवाज में कहा।

"घोर कलियुग है महाराज!" ट्रक ड्राइवर ने कहा।

"चुप बे!" रामैया चिढ़ गया।

"चिढ़ने से तो समस्या हल होने वाली नहीं है। सवाल है, इन बन्दरों को छोड़ा कहाँ जाय?" रामैया ने कहा।

"चाड़ोबा के जंगल में, यहाँ से 100 कि.मी. दूर...?"

"पर वहाँ के वन-अधिकारी ने पहले ही हाथ खड़े कर दिये हैं।"

"तुमने पूछा था?"

"नहीं नहीं, आसपास के तीनों अभयारण्यों और वन अधिकारियों से पूछ चुका हूँ। सबों का एक-सा जवाब।"

नहा-धोकर वे सुबह की पूजा-आरती करने लगे तभी सोमैया को जैसे इलहाम हुआ—आइडिया!

आरती रोककर पूछा रामैया ने, "जल्दी बता, मेरे प्राण अटके पड़े हैं।"

"बालाजी की इस सेना को समन्दर पार जाना होगा एक बार फिर...।"

"मतलब...?"

"मतलब यह कि अफ्रीका का एक देश इस बात पर सहमत हो गया है कि जितने भी बन्दर हों, वे लेने को तैयार हैं। यानी वह समस्या तो हल हुई, अब छोटा-सा काम रह गया है, बैगनों में सारे बन्दरों को पकड़ कर मुम्बई के डॉकयार्ड में रेल से पहुँचाना, जहाँ से समुद्री जहाज उन्हें वहाँ छोड़ आएगा। थोड़ी लिखा-पढ़ी भी हमें करनी पड़ेगी।"

"हाथी पार हो गया तो दुम नहीं अटकेगी।" रामैया ने बाकी आरती को पूरा करते हुए अपन पार्टनर मित्र को आश्वस्त किया।"

"लेकिन...!" कथा में वही एक लेकिन आ खड़ा हुआ, माने वो क्या कि 'किन्तु' में 'परन्तु' हाथी की दुम अटक ही गयी।

मुम्बई के एक अधिकारी ने टके-सा सवाल फेंक दिया, "इन बन्दरों को अफ्रीका वाले क्या करेंगे?"

"हमें तो आम खाने से मतलब है, पेड़ गिनने से नहीं।"

"गिनना पड़ता है... वे इसे अपने बाघों को खिलायेंगे।"

"नहीं।" रामैया की चीख निकल गयी।

"तो आप क्या समझते हैं बन्दरों को ले जा रहे हैं आरती उतारने के लिए...?"

यहीं खटाई में पड़ गया आइडिया। कई-कई दिन यार्ड में पड़े रहे बैगन। कई बन्दर मर गये, कई बीमार, रेलवे प्रशासन के हर्जाने और बला को टालने की रोज धमकियाँ...!

एक दिन दोनों पार्टनर आमने-सामने उदास बन्दरों की तरह बैठे थे तो सोमैया

को फिर इलहाम आया–''आइडिया!''

''साँप की पूँछ में अभी जान बाकी ही है?'' रामैया कुढ़ गया।

''अरे सुनो तो...।''

''सुनाओ...।''

''बन्दरों के पास एक खास कौशल होता है जो औरों के पास नहीं होता, पूछो क्या?''

''क्या?''

''अपने लक्ष्य की ओर लम्बी कूद मारते हुए बन्दर को बीच रास्ते में ही आभास हो जाये कि वह लक्ष्य तक नहीं पहुँच सकता, या उसे नहीं जाना चाहिए तो वह बीच रास्ते से ही यू-टर्न ले लेता है।''

''हूँ ऽऽऽ! यानी कि हमें भी...।''

''हाँ''

इस प्रकार शुरू हुई 'दौलताबाद से दिल्ली' की वापसी की यात्रा। फिर वही ट्रक। फिर वही दल। फिर वही अँधेरा। अँधेरे में बचे हुए बन्दरों को रामैया और सोमैया को दल छोड़ आया।

धोखाधड़ी के आरोप में जेल हुई। छूटे तो पता चला उनके बालाजी मन्दिर पर किसी दबंग पुजारी ने कब्जा कर लिया है, जमीन पर भी...। अब रामैया और सोमैया शेष बन्दरों के साथ बन्दर बने मन्दिर की सीढ़ियों पर आहार चुग रहे हैं।

चलो चलें माँ...

मुझे कोई बेवकूफ कहें, अपराधी कहे या आत्मघाती, कोई फर्क नहीं पड़ता। जो करना था, कर गुजरा मैं। आज और अभी। होश में आने के बाद से मेरे अन्दर जो गहरी कशमकश चल रही थी, आज उसका समाहार हो गया।

मेरे जैसे हजारों, लाखों लोग इन्सान की शक्लोसूरत पाने के बावजूद कीड़ों-मकोड़ों का जीवन गुजारते हैं, मैं भी उनमें से एक हूँ, मेरा समाज भी। इस समाज में भी दो वर्ग हैं—नर का अलग, मादा का अलग। इस मादा का कोई पति निश्चित नहीं होता, वे बस मादा होती हैं; प्रतीक के रूप में किसी से विवाह भले कर दिया जाये—वह कोई आदमी भी हो सकता है, देवता भी, कोई भी। घुमन्तू, आपराधिक, जरायमपेशा, या ऐसा ही कोई परिचय दर्ज होगा हमारा आपके सरकारी रजिस्टरों में। नहीं भी हो तो क्या हैरानी!

मेरे समाज में औरतें कमाती हैं, पुरुष खाते हैं। दिन में एक तरह से। रात में दूसरी तरह से। लोगों ने इन्हें ढोल बजाते, नाचते, गाते, बालों से गाड़ी खींचते, रस्से पर चलते देखा होगा। पाँच-पाँच किलो के घुंघरू पाँवों में बाँधकर बिजली की गति से लावणी या तमाशा नाचते देखा होगा। क्या मजाल कि चेहरे पर जरा-सी शिकन और गले से जरा-सी चूँ निकल जाये। बचपन से ही उन्हें लोहे के गोल-गोल छल्लों से बदन को तोड़-मरोड़ कर करतब दिखाते हुए देखा जा सकता है। तनिक बड़ी होते ही लड़कियाँ रात-रात भर गायब हो जाती हैं; सुबह लौटती हैं तो जैसे कोई युद्ध लड़कर वापस आ रही हों। यहाँ बेटियाँ रतन की खान हैं, बेटियों को पैदा होने पर खुशी मनायी जाती है, बेटों के पैदा होने पर नहीं। माताओं के बारे में तो हम ज़ानते हैं, पिताओं के बारे में नहीं। पिता हमारे लिए एक ढीला-ढाला आवरण है जो हमें बाँधता नहीं, बस सुरक्षात्मक ढंग से घेरे भर रहता है। बदलता रहता है। हमने इस कुनबे में सिर्फ रग्घू बाबा को काम करते देखा था, जो भालू नचाते थे, जिसे उन्होंने जंगल से पकड़ा था। उनका चेहरा भालू जैसा होता जा रहा था। भालू भाग

गया, अपना चेहरा उन्हें देकर। तब से वे भी बाकी मर्दों जैसे ही रह गये। और वह! वह जो बूढ़ा-सा आदमी, लूँगी-कमीज चप्पल में बैठे-बैठे बीड़ी सूट रहा है, बाप नहीं है मेरा। हम जैसों के बाप नहीं हुआ करते, सिर्फ माँएँ होती हैं। हमारे कुनबे के हर ऐसे बाप का काम है, उनकी औरतों के द्वारा पैदा की हुई औलादों को अपना नाम देना, उनके बच्चों को खेलाना। उनकी देखभाल करना—मर्द धाईगिरी! बदले में वह उसकी कमाई खाता, दारू पीता, बीड़ी सूटता, ताश-जुए में जमा रहता, निर्द्वन्द्व भाव से मौज उड़ाता रहता है। काहे की लाज और काहे की शरम! हमारे टट्टुओं की तरह आदमी के रूप में वह सिर्फ एक टट्टू था। सुना है, टट्टुओं की कोई सन्तान नहीं होती। इसके साथ ऐसा न था कभी-कभी हो भी जातीं। यह उसका वहम होता या हकीकत—क्या पता!

हमारा न कोई स्थायी बाप था, न स्थायी घर, न पता, न ठिकाना। आज यहाँ तो कल वहाँ। कहीं भी छोलदारियाँ लगा लेते, फ्लाईओवर के नीचे या खुले आकाश के नीचे सो लेते। माँ तक, जो इस पूरे जहान में हमारी सबसे सुरक्षित पनाहगाह होती, बिस्तर पर हमें अकेला छोड़कर गायब हो जाती। रात के गर्भ में समायी उस औरत को सुबह किस रूप में उगलने वाली है, नियति पहले से तय कर चुकी होती। बहुत बाद में मैंने जाना कि घिन लगने वाले तमाम काम उसे करने पड़ते ताकि मेरी पढ़ाई जारी रहे।

हम अकेले-अकेले सोते। अकेले-अकेले बड़े होते। थोड़ा-थोड़ा रोज जीते। थोड़ा-थोड़ा रोज मरते। फिर भी बेहया इतने कि मौत को छकाते हुए ज्यादातर लम्बी जिन्दगी जी लेने के बाद ही समर्पण करते। मेरी माँ, उसकी माँ, माँओं की माँएँ ऐसे ही किसी और पुरुष के बीज से पैदा हुई हैं और किसी का बीज पैदा करती रही हैं, जिनमें एक मैं हूँ। माँओं को यहाँ 'आई' कहते, पता नहीं, मैं ही माँ को क्यों माँ ही कहता रहा, 'आई' नहीं। 'आई' से लगता, वह मुझसे कहीं दूर है, आ रही है, जबकि वह तो सदा मुझमें रही। आज माँ बूढ़ी हो गयी है पर मैंने उन्हें भरी जवानी में घुँघरू बाँधकर कमर, कूल्हे, उरोज, आँखें मटकाते हुए नाचते देखा है। वह नववारी साड़ी नाक में नकली मोतियों की नथ, कानों में बाली, वेणी में गजरा—लास्यमयी, हास्यमयी सुन्दरी, बाँस लेकर जमीन से ऊपर तने हुए रस्से पर ढोल की ताल पर चलना—सब कुछ मुझे याद है। सब कुछ! गजब का सन्तुलन होता वह! बताते हैं कि किशोरावस्था में वह थाली की बारी और तलवार की धार पर भी नाच सकती थीं, लाठी के बल उछाल लेकर सीधे बाँस की कैंची पर पहुँच जातीं जहाँ से बाँस लेकर सन्तुलन बनाते हुए रस्से पर चलना होता। मैंने उसे मराठी और हिन्दी में लावणी या अन्य उत्तेजक नृत्यों को करते देखा है। 'करभारी दमान होउद्या दमन' या 'मुंगड़ा-मुंगड़ा' जैसे उद्दीपक गीत भी गाते सुना है। यही देखते-सुनते बड़ा

होता रहा मैं। जिस औरत की कला पर दर्शक जितनी कामुक सिसकारियाँ भरते, वह उतनी बड़ी कलाकार मानी जाती और उतना ही ज्यादा इनाम-इकराम बटोर पाती। सुन-सुनकर ही प्रायः सारे गीत मुझे याद हो गये, देख-देखकर सारी अदाएँ। इन अदाओं, इन गीतों का मर्म तब नहीं समझता था। एक दिन अकेले-अकेले माँ की नकल कर रहा था कि मेरी चोरी पकड़ी गयी। कस कर एक तमाचा पड़ा मेरे गाल पर, "मोरी का कीड़ा, तुमसे और उम्मीद भी क्या कर सकती थी मैं! कहाँ से सीखा यह सब...?"

"तुमसे!"

वह जैसे चट्टान से टकरायी और फटी-फटी आँखों से मुझे देखती रही। लहूलुहान!

फिर उसे लहूलुहान करता आया एक और दिन। मैं उस दिन, उस मुहूर्त को आज भी भूला नहीं, जब मेरे ऐन सामने एक खूसट सेठ मेरी माँ की कलाई पकड़ कर खींचते हुए ले जाने लगा। मैंने उसे नोच लिया, गालियाँ बकने लगा। उस खूसट ने मुझे पिल्ले की तरह ठोकर मारी। फिर भी मैंने नहीं छोड़ा। माँ की एक कलाई उसके हाथ में थी, दूसरी मेरे हाथ में। थोड़ी दूर तक मैं घिसटता रहा फिर माँ का हाथ छूट गया। माँ ने उस सेठ के साथ जाने से मना कर दिया। मेरे बाप ने मुझे भी पीटा, माँ को भी। पीटने से भी छीलने वाली थीं उसकी गालियाँ, 'रण्डी, खनगिन, कुतिया, साली भोसड़ी...! सती-सतवन्ती बनने चली है सत्तर चूहे खाकर!'

सेठ गया नहीं था। बाप मेरी माँ को हाँक आया काफी दूर तक। रात भर मैं अपने बिछौने पर जगा पड़ा रहा। रह-रहकर हिचकियाँ लेता रहा। सवेरे सूरज के बड़े लाल गोले के बीच एक काला धब्बा माँ का आकार लेता गया। वह माँ थीं। माँ ही थीं। मैं दौड़कर उसके सीने से जा चिपका। पहली बार कुछ चुभा। मेरे और माँ के दरमियान उसकी कुर्ती में कोई गहना था, खसखसाते नोट थे और थैले में घुँघरू! मैंने उन घुँघरुओं को सिर पर दे मारा। उनकी खनक मेरे अन्दर कहीं सिसकियों में ढल गयी। माँ ने रोका नहीं, टोका नहीं मुझे। मुझे उसी तरह बड़ा होने दिया।

बाद में मैंने पढ़ा श्वेतकेतु पहले ज्ञात प्रतिवादी थे जिनके सामने कोई राजा उसकी माँ को ले गया और ऋषि बाप ने कहा, "इसमें कुछ गलत नहीं।" बाद में श्वेतकेतु ने विवाह प्रथा की नींव डाली। मैं और श्वेतकेतु! हुँह! माँ और बाप में आये दिन झगड़ा होता। माँ ने मेरा बाप बदल दिया। जो नया बडील मिला वह तीसरा या चौथा होगा।

उन्हीं दिनों का वाकया है, उस्मानाबाद रहा होगा या लातूर, गाँव के ही एक स्कूल के बाहर कोई पेड़ था, मेरी ही तरह बहिष्कृत अकेला, उदास, घुटनों में सिर गड़ाये मैं एक गीत गा रहा था—

चलो चलें माँ सपनों के गाँव में
काँटों से दूर कहीं फूलों की छाँव में...

जाने कब माँ मुझे ढूँढ़ती हुई आयीं और आकर पीछे खड़ी हो गयीं। आहट पाकर जैसे ही मैं पलटा, हम दोनों ही लिपट कर रोने लगे।

"तूने कहाँ से सीखा इत्ता पुराना गीत?"

"बडील के ट्रांजिस्टर से सुना था एक बार।"

"सिर्फ एक बार सुनकर...?" वह विस्मय से मुझे देखने लगी।

"ऐसे तो पचासों गीत हैं जिन्हें एक ही बार सुना और...।"

वह मुझे चुपचाप घूरती रही।

"क्या मैं स्कूल में पढ़ नहीं सकता माँ?"

वह कहीं दूर देखने लगी थी। इसके अलावा कुछ बोली नहीं माँ। जवाब बाप के अट्टहास में आया। वह इतने जोर से हँसा था कि सभी छोलदारियाँ चिहुँक कर हिलकोरें लेने लगीं, "जरा सुनो इसकी! दिमाग सनक गया है! न घर, न द्वार, न ठाँव न ठिकाना, इसका मुलगा पढ़ने जायेगा...!" लेकिन माँ का दिमाग सचमुच सनक गया था। मुझे औरंगाबाद के एक स्कूल में दाखिला दिलाकर ही मानी वह।

यहाँ से शुरू हुआ अपमान और हिकारत का दूसरा दौर। स्कूल के बच्चों के लिए हम अजूबे थे, हमारे लिए वे। शिक्षकों तक की नजर पीठ पर चुभा करती। बच्चे मेरी जात पूछते, कुनबे के नाम से चिढ़ाते। माँ ने सिखाया था, एक चुप तो हजार चुप! मैं चुप रहता तो भी वे मुझे छेड़ने से बाज न आते। वे मेरी कॉपी, किताब चुरा देते। बगल में जाते हुए थूक देते। गन्दा फेंक देते। इन्तहा तो यह कि एक ने मेरी किताब पर थूका और दूसरे ने पेशाब कर दी...। माँ ने सुना तो किताब-कॉपी फिंकवा कर मुझे अपने कुनबे के खेल के एक प्रदर्शन में ले गयी। वह लकड़ी के डण्डे से बहुत ही शानदार ढंग से ढोलक बजाती और उस दिन तो जैसे उसके हुनर को पंख लग गये। तने हुए रस्से पर थी सीता...। उस दिन मेरे बगल की छोलदारी की आठ साल की हेमा ने करतब दिखाया था। पहले एक सँकरे गोल छल्ले से उसने पूरे बदन को बाहर निकाला और फिर वह करतब जिसे देखकर लोग दाँतों तले उँगलियाँ दबाते—जलते हुए आग के छल्ले में से कूद कर सही-सलामत बाहर निकलने का करतब! माँ ने कुछ नहीं कहा। मैंने कुछ नहीं पूछा। अगले दिन नयी कॉपी-किताब के साथ मैं फिर स्कूल में था।

हमारा कुनबा अगले पड़ाव पर गया तो वह स्कूल छूट गया। स्कूल छूटते रहते, पता नहीं कैसे, माँ नये स्कूल में भेजने का इन्तजाम कर लेती। पृथ्वी अपनी कील पर घूमती रही। दिन और रात पाली बदलते रहे। मेरा घुमन्तू कबीला घूमता रहा। रुक-रुक कर चलती रही पढ़ाई। ऐसे ही बड़े हुए अपन। बाप से और पूरे जहान

से लड़कर पढ़ा रही थी माँ मुझे मगर मैं पोथियों से ज्यादा माँ के चेहरे और बदन पर लिखी लिपि को पढ़ रहा था—लिपि जो निचुड़ी, मुचड़ी हारी हुई रातें लिख जाती थीं, कभी उसके गालों, कभी होंठों, कभी कन्धों, जाँघों पर, साथ ही बाप द्वारा दागे जाने के निशान। मेरी देखादेखी कई बच्चों में पढ़ने-लिखने की ख्वाहिशें पैदा हुईं मगर टिकने का स्थायी मुकान न होने, जातीय विडम्बनाएँ और कमाई छिन जाने के भय से उनकी इच्छा मन में ही दबकर रह गयी। बाद में माँ ने मुझे औरंगाबाद की एक बोर्डिंग में डाल दिया। तीन कक्षायें जम्प करके मैंने प्राइवेट से मैट्रिक्यूलेशन में जिले भर में द्वितीय स्थान प्राप्त किया। फिर कॉलेज। मुझे स्कॉलरशिप मिलने लगी। मगर फिर वह शाश्वत सवाल मुँह बाये सामने था। माँ ही असली थी। असली और शाश्वत। बाकी तो बाप, पता-ठिकाना सारा ही कुछ नकली और अस्थायी। घर या मकान, लॉज या कमरा भी पाने के लिए मुझे झूठ बोलने पड़ते और वे भेद खुलते ही मैं वहाँ से अपमानित कर निकाल दिया जाता।

माँ अक्सर आईना देखतीं। कुनबे के छोटे बच्चों से ढूँढ़कर पके बाल निकलवातीं। एक दिन देर तक अकेले में आईना देख रही थीं कि पीछे से उनके गले में बाँहें डाल दीं मैंने, “इन दिनों कुछ ज्यादा ही आईना देखने लगी हो माँ।”

“नहीं तो!” वह तनिक झेंप गयी जैसे उनकी चोरी पकड़ी गयी हो।

“तुम झूठ बोल रही हो।”

तनिक चुप रहने के बाद बोली, “मैं पहली बार उछाल पर कैंची पर न चढ़ पायी। मेरे चेहरे का नमक तेजी से झड़ा जा रहा है, हड्डियाँ निकली आ रही हैं...। तेरी पढ़ाई कब पूरी होगी रे...? तू कब बड़ा और खड़ा होगा अपने पैरों पर? और जल्दी नहीं कर सकता...?”

“क्यों माँ?”

“देखता नहीं, मैं तेजी से बूढ़ी होती जा रही हूँ। दो-चार सालों में मुझे कोई न पूछेगा। खल्लाश!”

माँ की आँखों के उदास समन्दर में गोते लगाने लगा मैं। आज क्या हो रहा है माँ को।

दूसरे दिन माँ मुझे बस में बैठाकर लातूर के बस स्टैण्ड पर लिवा गयी।

“यहाँ क्यों लिवा आयी माँ?” मैंने पूछा।

“तेरे सवाल का जवाब देने...तुझे पता है, तेरी नानी कहाँ है?”

“नानी...? इस पर तो मैंने कभी सोचा ही नहीं।”

“क्यों, तेरी माँ की माँ या बडील की माँ नहीं हो सकतीं। आसमान से टपके, क्या हम सब?”

झेंप गया मैं, “कहाँ हैं? अभी तक तुमने कभी चर्चा भी नहीं की कभी।”

"वो रहीं।" माँ बस स्टैण्ड के एक कोने में गुदड़ी पर बैठी किसी बूढ़ी भिखारिन की ओर इशारा कर रही थी। पान की पीक से पच्चीकारी किया हुआ वह बस स्टैण्ड का निहायत गन्दा कोना था। नानी ने मुझे छुआ अपने हाथों से, ठण्डे मुर्दार हाथ...! माँ उसके लिए कुछ खाने-पीने का सामान लायी, उसका हाल-चाल पूछा। आँख में दर्द था, जानकर दवा की दुकान से एक आई-ड्रॉप भी। पैसे भी दिये।

"इन्हें इस तरह क्यों छोड़ रखा है माँ?"

"कोई उपाय नहीं है संग रखने का?"

"और वो मेरी दादी, वडील की माँ?"

"किस-किस वडील की माँ के बावत पूछता है तू...? सारी माँएँ ऐसे ही बूढ़ी होकर मर गयी होंगी या मर रही होंगी। यह इनकी किस्मत है। बूढ़ी अपंग या बेकार होते ही निकाल दी गयीं। पिछड़ीं कि बिछड़ीं, बिछड़ीं की बिसर गयीं अपने कारवाँ से। कुछ दिन साफ-सफाई जैसे छोटे-मोटे कामों के लिए हाथ-पाँव मारे फिर डूब-डूब जाती हैं। ज्यादातर के आखिरी दिन भीख माँगते या ऐसे ही किसी गन्दे कोने में, मौसम, भूख और बीमारी की मार सहते बीतते हैं। कुतिया-सी जिन्दगी और कुतिया-सी मौत!"

मैं थर्रा गया एकबारगी। तो क्या माँ का भी अन्ततः यही अन्त है। लावणी में टप्पा खाकर उछाल खाती लास्यमयी जवान औरत जब धरती पर गिरती है तो कंकाल!

सच कहूँ तो अपने समाज से मैं बेसाख्ता घृणा करने लगा था। लेकिन उन्हें उस नरक से निकाल लाने का कोई उपाय मेरे पास न था और इस द्वैध में मैं दिनोदिन अटपटा होता जा रहा था। मुझे वो मुँहबोली बहन हेमा आज भी नहीं भूली, जो मुझे राखी बाँधती आयी थी और वह अब जवानी में कदम रखने के साथ रातों को कमाने जाने लगी थी। मैंने उसे मना किया पर उसका जाना रुका नहीं। आखिर आजिज आकर मैंने उससे राखी बँधवाने से इनकार कर दिया। वह ठेस खायी खड़ी रही। लौट गयी अपनी छोलदारी में। कुछ बोली नहीं। कोई प्रतिवाद नहीं किया। रोयी भी नहीं। मैंने उसे बहन के रिश्ते से खारिज कर दिया था। बेदखल! बोल देती, रो देती, मेरी नपुंसक नैतिकता की धज्जियाँ उड़ा देती तो शायद मुझे अच्छा लगता, पर उसका इस तरह चुपचाप निरुपाय लौट जाना आज तक गलाता रहा मुझे।

सबसे ज्यादा मीरा मौसी की कहानी मुँह चिढ़ाती मुझे। मीरा मौसी को जिस सेठ ने रखा, उसकी बेटी गीता को और गीता की बेटी द्रौपदी को भी। एक ही मर्द या बाप अपनी ही पैदा की हुई बेटियों को कैसे भोग सकता है—तीन-तीन पीढ़ियों को! जिन इन्सानी रिश्तों की यौनिक पवित्रता के लिए ये लोग जान लेने और देने पर आमादा रहते हैं, हमारे प्रति उन्हीं का कोई मूल्य नहीं। अपने लिए एक पैमाना

हमारे लिए दूसरा। क्या हम उनके कुत्ते-बिल्लियों से भी गये-बीते ठहरे? तीनों ने भागना चाहा था, मगर उन्हें भागने नहीं दिया गया।

ये चन्द नमूने थे। यही तो मेरा नपुंसक समाज था और यही मैं। अकेले नहीं पचासों कुनबे हैं। उन्हें बरतने के उनके पचास तरीके और बहाने... कभी देवता के नाम, कभी सजीव, निर्जीव, प्रतीक किसी भी नाम पर—समाज के लाखों टन वीर्य और मवाद का मैला ढोना पड़ रहा है हमें, उन भोगियों और ढोंगियों की मनमानी को।

पता नहीं कैसे, कबीले का मेरा हमउम्र सबसे शैतान लड़का भूरिया मेरा सबसे जानी दोस्त बनता गया। माँ मुझे सावधान करती—उन लोगों से ज्यादा मेल-जोल नहीं करने का। पर उसके बागी तेवर में बला की कशिश थी, मैं उसे छोड़ न पाया। शायद मैं उसकी मुम्बइया हिन्दी के टोन पर फिदा था। जुआ खेलते-खेलते वह गजब की धमकी देता, "ऐ! चीटिंग नईं! चीटिंग नईं करने का। टपका देगा, क्या समझा?"

हम उस्मानाबाद में थे। मीरा मौसी के सेठ की एक बन्द पड़ी फैक्टरी के विशाल अहाते में हमें चन्द महीनों की पनाह मिली हुई थी और मीरा मौसी को तो स्पेशल बंगला ही, जिसमें बाकायदा संडास भी था, पानी का अलग इन्तजाम भी, हर कमरे में दरवाजा भी। मगर भूरिया कहीं से भी खुश न था। मीरा मौसी अपनी मुलगियों के साथ दिन-ब-दिन सेठानी बनती जा रही थीं और भूरिया दिनों दिन जहरीला। वे हमारे सबसे अच्छे दिन थे। वे हमारे सबसे खराब दिन थे। मैं मन ही मन सोच रहा था कि एक दिन जाकर अपनी नानी को उस नरक से निकाल लिवा लाऊँगा। तभी एक दिन एक गजब का कारनामा कर डाला भूरिया ने।

मौसी गिड़गिड़ा रही थीं, "नई बेटा। न...न...नईं...! तू तो मेरा जाया बेटा है, मेरा अपना मुलगा। थू! अरे कोई है, रोको, इसे।"

"ऐ चीटिंग नईं, चीटिंग नईं करने का। जाके ये सीख दे अपने सेठ को...।" भूरिया दबी गुर्राहट में धमका रहा था अपनी आई को।

हमारे लोग बन्द दरवाजे को भड़भड़ाने लगे।

"दरवाजा खोल भूरिया, नहीं तो हम इसे तोड़ देंगे। आज तू बचकर नहीं जायेगा हमसे!" हम सब चीखे।

"चोऽऽऽप स्सालों। हमें मालूम है तुम कितने बहादुर हो। सेठ का टुकड़ा खाकर दुम हिलाने वाले कुत्तों।"

"तू इतना गिर गया कि आई से...?"

"कहाँ की आई और कहाँ का मुलगा! कौन-सी रवायत और कौन-सी मरजादा! कहा न, मैंने यही सीखा यहाँ—हर औरत एक मादा है।"

मौसी उसे नोचती-खसोटती गलियाती रही, हम दरवाजा पीटते रहे मगर...दरवाजा

खुला। घर में घुस आये कुत्ते की तरह वह निकला। हमने ढेले-पत्थर फेंके। कुछ लगे, कुछ नहीं। वह फिर नहीं दिखा कभी। वह एक बड़ा हादसा था। लोग आपस में बतियाते—'ऐसा हो सकता है क्या?' पर वाकई में ऐसा ही हुआ था।

"गिरे तो हम भी। पर हमारे गिरने की एक हद थी और यह...? यह तो सारी हदें पार कर गया। न! हमसे नहीं सीख सकता। सवाल है फिर सीखा कहाँ से?" रग्घू बाबा परेशान थे।

"उसी सेठ से। उसी शरीफ समाज से। और कहाँ से...!" माँ ने कहा था।

सेठ का अहाता छोड़ने वाला पहला परिवार था मेरा। फिर धीरे-धीरे बाकियों ने भी...। मुझे काफी भटकने और जलील होने के बाद एक बौद्ध भन्ते के यहाँ पनाह मिली। नानी को लाने गया तो वह वहाँ नहीं मिली। 'मर गयी होगी कुतिया की मौत।' माँ ने इतने तटस्थ भाव से कहा कि मुझे झुरझुरी आ गयी। माँ अब भी अपने यायावर कुनबे से अलग होने को राजी न थी। वहीं, लगभग वैसे ही रहकर वह रुपये-पैसे से मेरी मदद करती रही। सप्ताहान्तों में हम मिलते रहते। मैंने मराठी से एम.ए. किया, फिर हिन्दी से भी। कोई चाबुक की सटकार थी जो मुझे तेज और तेज भागने पर मजबूर कर रही थी। या फिर भगवान बुद्ध की वह आप्त वाणी—'अत्त दीपो भव—अपना दीपक आप बनो!' जो भन्ते ने दरवाजे पर टाँग रखी थी।

मराठी की तरह हिन्दी में भी फर्स्ट क्लास!

माँ उस दिन एक अजीब-सा सूट लेकर आयी।

"क्या है माँ?"

"माँ की तरफ से बेटे को 'बख्सीस'। जरा इसे पहनकर तो दिखा।"

मैंने पहनकर देखा और एकबारगी चौंक गया, यह तो एकबारगी वैसा ही बन्द गले का कोट था—डॉ. अम्बेडकर जैसा!

उस दिन माँ बिल्कुल भावाकुल हो मुझे निहार रही थीं, "तू मुझे वह गीत सुना सकता है...चलो चले माँ...सपनों के गाँव में...?"

माँ की गोद में सूट पहने ही मैं वह गीत गाता रहा। माँ की आँसुओं से डबडबायी आँखें चमकती रहीं।

"मेरा सबसे बड़ा 'बख्सीस' होगा तेरा वह काम छोड़ देना...।"

"छोड़ दूँगी।"

"कब?"

"जिस दिन तू अपने पैरों पर खड़ा हो जायेगा।"

मैंने नेट पास किया। बिना डोनेशन और सिफारिश के नौकरी फिर भी आकाश कुसुम थी। आश्चर्य, माँ ने उसका भी इन्तजार कर लिया। मैं लेक्चरर बन गया। लेकिन महीने भर में ही मुझे इस नौकरी से बदबू आने लगी, यह इनायत माँ के एक

पुराने सेठ ने की थी। मुझे तो मालूम भी न पड़ता अगर मैंने उसे उस दिन उल्टियाँ करते हुए न देख लिया होता। वह थूकती जा रही थीं और सिसकती जा रही थीं। वह एक बिलबिलाता हुआ आत्मधिक्कार था, "थू! ऐसे जीने से तो मर जाना ही अच्छा। न हमसे बहादुरी से जिया गया, न बहादुरी से मरा गया।"

मैंने कुछ नहीं पूछा। माँ ने कुछ नहीं बताया। बताया मीरा मौसी ने, "कितनी ऊँची कीमत देनी पड़ी तेरी आई को तेरी नौकरी के लिए, मालूम...? मूँ से...! समझा!"

तभी मैंने आईने के सामने खुद को खड़ा किया। स्मृति इतनी साफ थी कि सब कुछ लिखता गया। भाषा इतनी नफीस कि अपनी सारी प्रवीणता लगा दी। अक्षर-अक्षर धुआँ रहा था। अक्षर-अक्षर जल रहा था। अक्षर-अक्षर रो रहा था। इस सत्य को दुनिया के सामने आना ही चाहिए...।

"बिल्कुल आयेगा!" मैंने दिल्ली के एक रसूख वाले सम्पादक को जब इसकी रूपरेखा और दो एक झलकियाँ सुनायीं तो वह उछल पड़ा। फोन करके उसने अपने किसी फिल्मकार दोस्त को बुला लिया।

"इडीपस से भी बड़ा कॉप्लेक्स! बेटे द्वारा अपनी ही माँ का बलात्कार! इडीपस नहीं जानता था कि जिसे वह भोग रहा है, वह उसकी माँ है, लेकिन यहाँ, इस दुनिया में सबको पता था...अफ्रीकन देशों के कुछ कबीलों से भी नया, रेशे-रेश में उत्तेजना, उद्दीपना भर देने वाला। छपते ही तहलका मच जाएगा। शोर मच जाएगा। एक अँधेरी बदबूदार दुनिया से चौंध भरी ऐसी दुनिया में आ जाओगे कि सोच भी नहीं सकते। पाण्डुलिपि सौंपते ही तुम्हें पचास हजार की पेशगी!"

"मेरी एक किताब छप रही है और इसके लिए मुझे पचास हजार एडवांस मिल रहे हैं। मैं रातों रात शोहरत की बुलन्दियाँ छूने जा रहा हूँ।" यह खबर माँ की खुशी के लिए कल्पनातीत थी जैसे लावणी की किसी उछाल में उसने उछाल भरी हो और वह उछाल ऊपर ही फ्रीज हो गयी हो।

उसने पूरी बिरादरी बुला ली थी, जैसे मेरा ब्याह रचाने जा रही हो। "जिस घड़ी के लिए मैंने इतने दिनों तक तपस्या की थी, आज वह घड़ी आन पहुँची है। मेरा बेटा प्रोफेसर ही नहीं, दुनिया का एक बड़ा राइटर बनने जा रहा है। हमारे कबीले का पहला। आशीर्वाद दे कि..."

"ऐसा क्या लिख डाला रे...?" कबीले के सबसे बुजुर्ग सरदार रघू बाबा की भालूनुमा बाँछें खिल गयीं, बदसूरत दाँत निकल आये। कहा न, जब से उनका भालू भाग गया था, वे भालू में तब्दील हो गये थे—वीभत्स! मैं उनसे बुरी तरह डरा-डरा रहता, मगर आज वे मुझे भले लगे। मैंने उन्हें संक्षेप में बताया कि यह अपने और अपने जैसे लोगों, कबीलों की सच्ची दास्तान है। आधी बात सुनते ही भड़क गया

बाबा, “तो तू हमें नंगा करके, हमारे घाव और उनसे बहते पीव दिखाएगा?” मुझे उस वीभत्स चेहरे के प्रति उपजी सारी सहानुभूति जाती रहीं, पूछा—

“तुझे शर्म नहीं आयी कभी?”

“और तुझे?”

सवाल को सवाल ने और घृणा को घृणा ने थाम लिया।

“तू पूरा का पूरा, तेरे इस सूट-बूट का रेशा-रेशा इसी शरम की कमाई का है। हमारी छोड़, सच तो ये है तुझे शरम आने लगी है अपने आप से अबसे। इसलिए कि अब तू हमें छोड़कर उन शरीफजादों की बिरादरी में शामिल होने को पर तोल रहा है। उड़ जाना चाहता है न, उड़ जा। रहने दे हमें अपने करम पर।”

रग्घू बाबा को किसी ने रोका नहीं, वे बिछी हुई बारूदी सुरंग सा रह-रहकर भड़कते रहे, “जाकर पूछ उन लोगों से जो इज्जतदार बने घूमते हैं, क्या वे बता पायेंगे अपने बारे में सच-सच, सही-सही कि उन्होंने और उनकी औरतों ने कहाँ-कहाँ किस-किस का गू खाया, अब इज्जतदार बने फिर रहे हैं। अपने मुलगे-मुलगियों को मुर्गे-मुर्गियों की तरह हलाल कर रहे हैं। आज तक वे खुद बलात्कार करते रहे हमारा, अब वे तुमसे करायेंगे!”

माँ सन्न थी। मैं अवाक्! क्या सोचता था, क्या हो गया! बूढ़ा रग्घू अपने वीभत्स दाँत निकाले सोंटी से धरती खूँद रहा था कि सहसा वह सोंटी तानकर खड़ा हो गया। “वो मादरचो... भूरिया ने अपनी आई का बलात्कार किया, कोई रामनामी ओढ़कर नहीं आया था, गन्दा था, गन्दा दिख रहा था, लेकिन तू सूट-बूट पहन कर ढकना चाहता है अपने गन्दे चेहरे को। हमने तुझे पहचान लिया है। भूरिया तो भाग गया लेकिन तू भागकर नहीं जा सकता हमसे।”

माँ आ गयी बीच में, “तूने दिया तो नहीं?”

“नहीं।”

“कहाँ है?”

मैंने भारी-भरकम पाण्डुलिपि के गट्ठर की ओर इशारा किया।

“इसे अपने पूरे कबीले के सामने आग लगा दो—आज और अभी!” माँ ने कहा।

“और अगर कम्प्यूटर मशीन में हो तो?” एक ने पूछा।

“उसे भी।”

“दिमाग के कम्प्यूटर को कैसे आग लगवाओगी?” एक ने तंज कसा।

“उसे भी...। मेरा मुलगा है, मुझसे अधिक इसे कोई नहीं जानता।”

माँ ने बीड़ी सुलगा रहे बडील से माचिस झपट ली, “लो, ये रहा माचिस, और ये रहे बण्डल। हम सबके सामने इनमें आग लगा दो आज और अभी।”

मैं स्तब्ध, निर्वाक और जड़!

मुझे वक्त लगा इस स्थिति से उबरने में, "ठीक है। मैं इसे जला दूँगा। अपना गलाजत भरा अतीत इतिहास के पन्नों में दर्ज करने का निमित्त कम से कम मैं नहीं बनने जा रहा। पर मेरे सवाल का जवाब दो, किस-किस चीज को जलाओगी—जो बीत गया, वह भी, जो जी रही हो, वह भी, जो आने वाला है, वह भी?"

रग्घू बाबा वापस फिर से सोंटी से जमीन खूँदने लगे थे, बीड़ी के कशों का मायावी धुआँ हवा में जहर और रहस्य घोल रहा था।

"लेकिन..." मैंने चुप्पी तोड़ी, "तुम अगर मेरी जिद्दी माँ हुई तो मैं भी तुम्हारा जिद्दी बेटा ठहरा। हिन्दू धर्म या कोई संस्था तुम्हें इज्जत के साथ स्वीकारने से रही, तुम्हारे पाँव इतने मजबूत नहीं कि बिना किसी सहारे के खड़े रह सको, लड़ना हो तो लड़ो, या चाहो तो, बौद्ध धर्म स्वीकार लो। जोर नहीं, जबरदस्ती नहीं। मैं जिन भन्ते के घर में रहता आया हूँ वे आपको बौद्ध धर्म, भगवान बुद्ध, डॉ. अम्बेडकर और दूसरे महापुरुषों के बारे में बतायेंगे। ठण्डे मन से समझ-बूझ कर फैसला लो।"

टट्टू 'हुफ हुफ!' कर रहे थे। कुत्ते भौंक रहे थे और नन्हे बच्चे रो उठते थे। बावजूद इसके एक गहरी शान्ति थी।

सात दिन का युद्ध विराम। हम दोनों की परीक्षा की घड़ी।

सात दिन मैं डूबता-उतराता रहा।

डूबता तो मेरा दम घुटने लगता, "अगर मेरे कबीले ने न माना तो...?" उतराता तो बाजार के जबड़े मुझे खुले मिलते।

वे बराबर मेरे सम्पर्क में थे।

प्रकाशक ने पचास हजार से बात शुरू की थी, "पचास हजार ले लो और वह पाण्डुलिपि हमें दे दो।"

"पचास हजार फिल्म के अनुबन्ध के भी। पचास हजार और पचास हजार।"

"... ..."

"दस लाख और दस लाख...?"

"... ..."

बाजार बार-बार उछलकर मुझ पर आक्रमण कर रहा था।

सात दिनों में यह रकम एक करोड़ और एक करोड़ हो गयी। फिर धमकियाँ आने लगीं। "हम तुम्हारा वो हाल कर देंगे, जिसकी तुम कल्पना भी नहीं कर सकते।" और अन्त-अन्त तक एक बड़ा प्रलोभन—"हम तुम्हारे पूरे कबीले के उद्धार का जिम्मा लेते हैं। मॉनिटरिंग तुम करोगे।"

मुझे निगल जाने को दोनों तरफ के जबड़े खुले हुए थे—बाजार के अप्रत्याशित

सौभाग्य का नफीस जबड़ा और कबीले का दाँत निकाले रग्घू बाबा का भालूनुमा खबीश जबड़ा।

मुझे भँवरी देवी की हकीकत मालूम थी। फूलन देवी की हकीकत मालूम थी। एक मन कहता, "मान जाओ। एक ही स्टेप में तुम अपने वांछित उद्देश्यों को पा लोगे...और कल को तुम्हारी उस कृति पर क्या-क्या इनाम-इकराम बरसेंगे तुम सोच भी नहीं सकते।"

दूसरा मन कहता, "जो दूसरों के साथ हुआ, क्या गारंटी है कि तुम्हारे साथ नहीं होगा?"

माँ का सुलगता चेहरा और रग्घू बाबा की तनी हुई सोंटी याद आती, "तू दूसरा भूरिया है—आई का बलात्कारी। हमने तुझे पहचान लिया है। वह गन्दा था तो गन्दा दिख भी रहा था, तुम सूट-बूट में हो...।" मैं परेशान-परेशान हो जाता। यह सोच कर मन को समझाना चाहता, "ये सब हजारों बार के अपमानित क्लीव जीव हैं। देखना, आयेंगे नहीं लौटकर।"

पर नहीं। वे अपने कौल-करार के पक्के निकले। सातवें दिन पहले की अपेक्षा दुगुनी भीड़ थी। माँ सबसे आगे-आगे। हमें तुम्हारा प्रस्ताव स्वीकार है। चलो, तुम्हारे साथ तुम्हारे सपनों के गाँव में चलते हैं। तनिक रुककर वह हँसी जैसे ठण्डे पानी का कोई सोता कुलबुलाया हो, सिर्फ एक बात बताओ, "तुमने बौद्ध धर्म को ही क्यों चुना?"

"तुम्हें चुनना होता तो तुम क्या चुनतीं?"

"मैं...? यही। इनके सिवा हमारे मान को किसने थामा...? किसी ने नहीं। किसी ने पनाह न दी, न तुम्हें, न हमें, न हमारे लोगों को... बस भगवान बुद्ध और बाबा साहेब!"

"मुझे मालूम था।"

"क्या?"

"यही। तुमने बाबा साहब का यह सूट देकर पहले ही अपनी इच्छा जाहिर कर दी थी।" मैंने सूट की ओर इशारा किया।

रोते-रोते हँस पड़ी माँ। हँस पड़ा मैं।

माँ, बेटे—हम दोनों ही।...और हमारे हँसने के साथ उस कुहासे का तिरोधान हो गया।

"एक शर्त!" माँ ने कहा, "दोनों लपटें साथ-साथ निकलेंगी। इधर तुम्हारी किताब जल रही होगी, इधर हम!"

"मंजूर!"

वही हुआ। इधर मेरी पाण्डुलिपि जल रही थी, उधर गेरुआ लपटों में मेरे

कबीले की कालिमा—नमो तस्स भगवतो अर्हतो सम्मा सम्बुद्धस्स! वह जलने की ज्वाला थी। यह शीतल होने की। दोनों का रंग एक था।

साहित्य को एक नायाब चीज मिलते-मिलते रह गयी और मुझे मिलते-मिलते रह गया शिखर।

शायद मैंने खुदकुशी कर ली।

शायद मैंने नया जन्म पा लिया।

मैंने या हमने...?

अभी तो निकल आये अँधेरों से उजाले में।

नहीं जानते, क्या है इस उजाले के पार।

नहीं जानते, कब छूट जायेगी महापुरुषों की उँगलियाँ हमसे और फिर कोई दूसरा अँधेरा घेर लेगा हमें, शुरू हो जायेगा कोई नया भटकाव! पर जो भी होगा, उससे निकलने की पहली और आखिरी शर्त वही होगी जो आज है—

शिक्षित हो, संगठित हो, संघर्ष करो और

'अपना दीप आप बनो!'

यह अन्त है? नहीं, महज शुरुआत...!

गैरइरादतन हत्या उर्फ मृत्युपूर्व का इक़बालिया बयान

आपने कोई थ्री-डी फिल्म देखी है?... फोर-डी? आइए आपको दिखाती हूँ। नायिका भी मैं, स्टोरी भी मैं, स्क्रीन भी मैं, स्क्रिप्ट भी मैं! फिल्म में शामिल भी रही, दर्शक भी...!

मुझे घर के लोग 'गुड़िया' कहते हैं। हम कुल जमा तीन भाई-बहन हैं—दो भाई—एक मुझसे पाँच साल बड़ा, दूसरा मुझसे तीन साल छोटा, दो भाइयों के बीच मैं उनकी लाड़ली बहन। बड़े को मैं 'भइया' कहती, छोटे को 'छोटू'। भइया एक प्रतिष्ठान में जूनियर साइंटिस्ट हो गया है, परिवार का सीना गर्व से तन गया है। मैं ग्रेजुएशन में हूँ। ठीक-ठाक! दिक्कत छोटू को लेकर है। वह बुरी तरह हकलाता है। यूँ लिखने में उसे कोई परेशानी नहीं होती, सो इंटर में आ गया है लेकिन उसका उच्चारण...! कितनी दवा की गयी पर कोई फायदा नहीं। कटे रेकार्ड-सा पता नहीं कब हकलाने लगे। अटक जाता फिर अन्दर की बात को व्यक्त करने की कोशिश में आँखें छिटक कर बाहर आती-सी लगतीं। गर्दन ऊँट-सा उठाकर 'आ-आ' करता रहता, चन्द सेकेंड्स के बाद स्वाभाविक होता तो हम खैर मनाते।

वैसे तो छोटू को अगर छोड़ दें तो मेरा पूरा परिवार परम धार्मिक है और उसका संस्कृत या तत्सम शब्दों का उच्चारण, पापा के शब्दों में कहूँ तो, 'एकदम परफेक्ट है'। मगर एक विचित्र कॉन्ट्रैस्ट है। हम माँ को 'मम्मी' और पिता को 'पापा' कहते हैं। ऐसा कहने और बातचीत में अँग्रेजी के कुछ ऐसे ही पुट शामिल करने पर खुश होते हैं पापा। हम बच्चे उन्हें प्रसन्न रखने के लिए वैसा ही करते हैं। इससे उन्हें दूसरों को यह जताने का मौका मिलता है कि हमारा परिवार मॉडर्न और एडवांस्ड है। भइया के वैज्ञानिक होने की बात का उपयोग भी वे अपनी इसी शेखी में इजाफा करने के लिए करते हैं। कहते हैं, "हम दुनिया में सर्वश्रेष्ठ हैं, हमारे पुरखे सर्वश्रेष्ठ हैं, हमारा धर्म सर्वश्रेष्ठ है। विश्वगुरु! विज्ञान की ये बड़ी-बड़ी चमत्कारिक खोजें हम पहले ही खोज चुके थे। बीच में आचरण में शुद्धता न बरतने के चलते हम उन्हें गँवा बैठे। हमें अपना खोया गौरव फिर से प्राप्त करना है।"

पापा चाहते हैं कि मैं रहूँ सेंट-परसेंट भारतीय परिधानों, आचारों में, विचारों

और व्यवहारों में। रोज-रोज ब्रश—उसके बाद ठण्डे जल से नहा-धोकर पूजा। पच्चीसों तो स्तुतियाँ हैं। फिर सबके चरण स्पर्श! फिर अन्य काम! मुहल्ले के लड़कों या मर्दों से बिल्कुल मेलजोल नहीं। लड़कियों से भी कम-कम, विधर्मियों और विजातियों से बिल्कुल नहीं! उनके वैसे ही दोस्तों की एक मण्डली है जो हमारे घर कभी-कभार अड्डे जमा कर बैठ जाती। पूरा पुरातात्विक परिवेश, गोया कि वे सभी पुरातात्विक उत्खनन से निकाले गये हों। सच कहूँ, मेरा मन घुटता है यहाँ। छोटू यह सब नहीं मानता। मम्मी रोती हैं छोटू की मति पर। छोटू की तरह मैं भी बग़ावत करना चाहती हूँ, पर मम्मी के आँसू देखकर मन मसोसकर रह जाती हूँ। मेरा हकला भाई! उसकी तरह बोल्ड क्यों न बन पायी मैं!

पापा के मित्रों ने कहा, छोटू की दवाएँ तो चलती ही रहेंगी, वह हनुमान अष्टक और कुछ मन्त्रों का जाप भी किया करता तो शायद जल्दी ठीक हो जाता। परिवार में चौबेजी की चलती थी। उनके कहने पर तुलसी के रामचरितमानस का पाठ पूरे परिवार के लिए अनिवार्य कर दिया गया था। अब संस्कृत के कुछ मन्त्र और गीता-पाठ भी आ जुड़े। और सब तो यह बाधा दौड़ पार कर लेते, छोटू न पार कर पाता। जबान की जड़ता, तुतलाहट और हकलाहट में पसीने-पसीने हो उठता। एक दिन चौबेजी ने उसकी यह स्थिति देख ली तो पापा-मम्मी से अकेले में बुला कर कहा, “महर्षि नारद आकाश-पाताल और मर्त्यलोक में विचरण करते रहते हैं। जब भी कोई किसी श्लोक का अशुद्ध उच्चारण करता है, कुपित हो जाते हैं, सो, छोटू से कहो कि पाठ में शुद्धता का खयाल रखे।”

हमारा परिवार शुद्ध रहने की साधना में दिनोंदिन कट्टर धार्मिक और कर्मकाण्डी होता जा रहा था। पापा चुपके-चुपके उसका पाठ सुनते और गलत होते ही टोक देते। प्यार से समझाते। एक दिन पंचगव्य लेकर आये जिसमें गोबर और गोमूत्र भी था, और एक अनुष्ठान करके उसे पान करने को कहा। जाड़े की वह सुबह मुझे याद है। नहाया-धोया ठण्ड से काँपता छोटू बिदक कर खड़ा हो गया, मानस और अनुष्ठान की सामग्री को उसने परे ठेला—गोबर-गोमूत्र दही में मिलकर जा गिरा गीता और रामचरितमानस पर—‘हम-म-म से न-न-नहीं होगा?’ शाम को धर्माचार्यों की पंचायत बैठी, तय हुआ कि उसे प्यार से समझाया जाये, जोर-जबर्दस्ती न की जाये। मम्मी-पापा उदास हो गये तो पण्डितों ने उन्हें समझाया, “आप को उदास होने की कोई जरूरत नहीं। आपकी अकेली कन्या ही अपने दोनों कुलों का उद्धार कर सकती है।” मैंने सुना और प्रशंसा पाकर गद्‌गद हो गयी। जो भी शासन-अनुशासन था, भइया पर और मुझी पर चलता, छोटू पर उनकी एक न चलती। मम्मी-पापा जितना ही उसे काबू में लेने की कोशिश करते, उतना ही वह बेकाबू होता चला जाता। वे अपनी जिद पर थे, वह अपनी जिद पर। वह बोल न पाता तो लिखकर रख देता अपनी बात। जेब में कागज-कलम से हमेशा लैस! एक दिन चुटका लिखकर मैंने

भी उसे थमा दिया—"लगता है, मुझे ही अपने छोटे भाई को कान पकड़कर सही रास्ते पर लाना होगा।" उसने मुझे प्यार से देखा और कन्धे उचका दिये। लेकिन इसकी नौबत ही न आयी। मुझे आज भी भूली नहीं है वह सुबह।

पापा उसे रोज की तरह रामचरितमानस का पाठ करने को कह रहे थे और वह इनकार कर रहा था। मामला तूल पकड़ रहा था सीता की अग्नि परीक्षा को लेकर। चिनगारी उड़ी थी बैठकखाने की धर्माचार्यों की बैठकी से। छोटू ने आवेग में कुछ कहना चाहा, हकला उठा तो शान्त होने पर उसने जल्दी-जल्दी लिखकर दिया—"यह गलत और झूठ है। अग्नि तो प्रकृति है—एक ब्लाइंड फोर्स! वह किसी को नहीं छोड़ने वाली—दोषी हो या निर्दोष!" फिर उसने दूसरा चुटका लिखकर दिया, "यह सरासर जुर्म है और जुल्म है। तुम्हारे राम क्यों नहीं देते अग्नि परीक्षा, तुलसी क्यों नहीं देते? मनुष्य की अकल पर गोबर डालने वाली ऐसी हर चीज को म्यूजियम में रख देनी चाहिए।" वह अस्फुट स्वर में बारूद के पलीते-सा चिरचिरा रहा था।

'हरिहर निन्दा सुनइ जो काना, होइ पाप गोघात समाना!' किसी ने बैठकी में कहा और लोग उठकर जाने लगे। पापा ने छोटू को पीटना शुरू किया। वह वहाँ से हटा नहीं। वे पीटते रहे, वह पिटता रहा। मम्मी ने अपनी कसम देकर छोटू को वहाँ से हटाया।

पापा पूजा पर बैठे। धूप-दीप जलाया। हाथ जोड़े और आँखें बन्द कर मन्त्रोच्चार करने लगे—

"ॐ शांताकारम् भुजगशयनम् पद्मनाभम् सुरेशं, विश्वाधारम्..." कि हठात् चीत्कार कर उछल पड़े—"अरे बाप रे! मार डाला।"

पता चला कि छोटू ने लौटकर उन्हें इस बीच जलती धूप-काठी छुआ दी थी। "क-क-क्यों? आ-आग की एक छोटी-सी चिनगारी आ-आप से बर्दाश्त नहीं हो-ओ-ओती और स-सीता जी की अग्नि परीक्षा ले रहे थे!"

छोटू का चिबिल्लापन किसी को न भाया। ज्यादती तो, माना, पापा की भी थी पर बाप बाप होता है, बेटा बेटा। पापा ने जैसे-तैसे पूजा पूरी की, नाश्ता भी नहीं किया। ऑटो रिक्शा मँगवाया और उसी दम धकेलते हुए छोटू को बुआ के घर भिजवा दिया। किताबें और कपड़े हमारा नौकर महावीर बाद में लेकर गया।

भइया आये तो हतबुद्ध आँगन में खड़े रहे, "इस काण्ड को रोका नहीं जा सकता था?" मम्मी रोती रहीं।

इसके आगे किसी ने कुछ नहीं कहा। धीरे-धीरे हम स्वाभाविक होते गये। मुझसे और मम्मी से छोटू की अक्सर फोन पर बातचीत हो जाया करती। कुछ एक महीने ही बीते होंगे कि पापा और महाबीर काका एक धवल सफेद-सा कुत्ता ले आये। छोटू के न रहने पर घर की असुरक्षा के डर को किंचित दुरदुराने जैसा...। जैसा कि पापा का अँग्रेजी शब्दों के प्रति मोह था, कुत्ते का नाम रखा गया 'टामी'। उसके सफेद

रोओं के बीच लपलपाती लाल-लाल जीभ बड़ी सुन्दर लगती। भइया और छोटू में उस दिन टामी को लेकर फोन पर बात हुई, "टामी बड़ा सुन्दर है। आ जाओ देखने। ब्यूटी हमेशा कॉन्ट्रास्ट में ही खिलती है—पापा पहले कॉन्ट्रास्ट थे, छोटू दूसरा, टामी तीसरा...!"

"और भइया चौथा!" छोटू की आवाज आयी, "विज्ञानी होकर भी अज्ञानी!" छोटू ने भइया को इसी तमगे से नवाजा था।

टामी के आ जाने से हम सभी खुश थे, मगर मम्मी भरी-भरी रहतीं। पापा के पूछने पर एक दिन उन्होंने कहा, "कुत्ता घर में आ सकता है, बेटा नहीं। कुत्ते का गू-मूत बर्दाश्त किया जा सकता है, बेटे का बचपना नहीं। तुम कैसे रामायणी हो? सीता की अग्नि परीक्षा तो तुम्हें याद है लेकिन दशरथ ने बेटे के वियोग में प्राण त्याग दिये थे, वह याद नहीं।" मम्मी ने पहली बार मुँह खोला था।

शाम को मैं कॉलेज से आयी तो मेरी खुशी का ठिकाना न रहा, मम्मी और बुआ छोटू को घर ले आयी थीं। लगता था, पापा ने उसे माफ कर दिया है। वैसे मेरे देखते उनके जलने का दाग अभी भी पिट-पिट कर जल-बुझ रहा था।

टामी दिनों दिन हमारी पारिवारिक खुशियों का अंग बनता गया। मेरे, भइया या छोटू के घर में आते ही भौंकते, कूँ-कूँ करते पूँछ डुलाते वह हमें सूँघने-चाटने लगता। उसे भरपूर सहलाने, पुचकारने के बाद दूध-वूध देकर चेन से बाँधना पड़ता। छोटू उसके लिए हड्डियाँ, मांस वगैरह लाता जिस पर पापा खफा हो जाते। उसकी तुतलाहट-हकलाहट भरी भाषा को घर में सिर्फ एक सदस्य समझता—टामी! और टामी की भाषा को कोई समझता तो वह! टामी के चलते घर की बैठकी प्रायः बन्द हो चुकी थी। पापा को वह असह्य लगने लगा था लेकिन बाकी सब के लिए नहीं। पापा का स्पष्ट निर्देश था कि उनके आने के पहले उसे चेन से बाँध दिया जाये। उनके पूजागृह और रसोई के पास भी न फटकना चाहिए उसे। उसका नहलाना, धुलाना, निबटान वगैरह के लिए बाहर-भीतर ले जाना, भोजन-पानी—सब हम सबों के जिम्मे था, विशेषकर छोटू के!

छोटू के घर में लौट आने के छह महीने बाद की बात है। एक दिन पापा दफ्तर से घर आये तो उनका मुँह सूखा हुआ था। अमूमन मैं कॉलेज से पाँच बजे लौट आती थी। उस दिन जरा पहले आ गयी। देखा तो छोटू गेट पर खड़ा कुछ सुन रहा था। मैं भी सुनने लगी।

"मुझे तो विश्वास नहीं हो रहा।" यह मम्मी का हताश स्वर था।

"विश्वास तो मुझे भी नहीं हो रहा था। मैंने कुण्डली दूसरे ज्योतिषाचार्यों को दिखायी, सबने एक ही बात बतायी..."

"कि अपनी गुड़िया मंगली है?"

"हाँ!"

"लेकिन अपने चौबेजी ने तो...।"

"चौबे जी अपने दोस्त थे, कम जानते थे।"

"मैं उन्हें छोड़ूँगी नहीं। उन्हें पहले ही...।"

"चौबे बेचारे स्वर्ग सिधार चुके। अब वह सब छोड़ो, यह सोचो कि बैठे-बिठाये गले आ पड़ी इस बला से हम कैसे मुक्त हो पायेंगे।"

"विवाह ही नहीं होगा।"

"होगा, मंगला लड़का ढूँढ़ना होगा। ग्रह दोष के निवारण के अनुष्ठान करने होंगे।" "तुम्हें पता है किस-किस ने मंगली की शान्ति के लिए क्या-क्या अनुष्ठान किये! पण्डितों के पास हर बात का इलाज है, क्या तो 'महामृत्युंजय' का जाप, 'बट' से और और किस-किस से विवाह। कुछ ने तो महाकालेश्वर और काशी के विश्वनाथ महादेव तक की भी पूजा की थी और पता नहीं क्या-क्या!"

तभी पीछे से भइया भी आ गया, "क्या बात है, तुम लोग इस तरह यहाँ खड़े हो?" टामी लगा भूँकने। हलचलें शान्त हो गयीं जैसे कुछ हुआ ही न हो। टामी से लाड़-प्यार जताने के बाद छोटू ने हकलाने के अपने अन्दाज में कहा, "पापा, आ-आप लोगों की बातें हमने सुन ली हैं।"

मैं दूसरे कमरे में चली गयी।

मम्मी-पापा की चिन्तातुर आँखें फिरीं, "क्या करें कुछ समझ में नहीं आता।"

"यह मंगला-मंगली सरासर अं-अं-अन्ध विश्वास है पापा। आपको चिन्ता करने की कोई बात नहीं।"

भइया ने भी कहा, "इधर हम मंगल पर जा रहे हैं, उधर आप अभी भी मंगली के चक्कर में पड़े हुए हैं।"

मैं यह सोच-सोचकर मरी जा रही थी कि इस पूरे उपद्रव के केन्द्र में मैं थी पर मुझे तो मुँह खोलने तक की इजाजत न थी। गूँगी गुड़िया! खबर फैलते-फैलते मुहल्ले और कॉलेज तक पहुँची। लोग मुझसे कट-कट कर रहने लगे, उनकी नजरों में दया और घृणा की हल्की-सी झाँई आ गयी, जैसे मुझे 'एड्स' या 'स्वाइन फ्लू' जैसा कोई संक्रामक रोग हो गया हो।

एक दिन छोटू ने पता नहीं किससे क्या सुना और दनदनाता हुआ घर में दाखिल हुआ। उत्तेजना और आक्रोश में उसके स्वर और भी अटपटे हो रहे थे। टामी का लाड़-प्यार भी उसके तनाव को कम न कर सका। बीच आँगन में खड़े होकर उसने दहाड़ा, "यह मैं क्या सुन रहा हूँ पापा?"

"क्या?"

"यही कि गुड़िया दीदी का ब-ब्याह ट-टामी से करने जा रहे हैं, फि-फिर किसी प-पेड़-वेड़ से! फिर म-महा मृ-इ-इ-इ त्युंजय जाप।"

पापा ने उसकी उत्तेजना का उत्तर मौन से दिया।

"म-मैं ऐसा हर्गिज न ह-होने दूँगा?" छोटू हकलाया। उत्तेजना में लगा, साँस टँग गयी।

"तू मुझे रोकने वाला होता है कौन?"

बात पर बात बढ़ती गयी। लोग जुटते गये। पापा भड़कते गये, "तुम्ही बड़े क्रान्तिकारी बने हो...?" उन्होंने एक नामवर फिल्मी नायक का नाम लेते हुए पूछा, "उस जैसों ने भी तो किया।"

"य-ये नहीं किया।"

"कुछ तो किया ग्रह शान्ति के लिए—रोक पाये उन्हें? कितने-कितने मन्त्री, अफसर, डॉक्टर, इंजीनियर और सेठ लोग करते हैं, तुम्हारी हस्ती ही क्या है उनके सामने? तुम्हें तो कोई न पूछे, उन्हें सारा देश पूजे।"

छोटू को शायद पहली बार अपनी हकलाहट पर अफसोस आया होगा। जल्दी-जल्दी एक चुटके पर लिखकर मम्मी को दे दिया—पापा को देने के लिए "इससे आप अपने गलत को सही सिद्ध नहीं कर सकते। आपको भी रास्ता दिखाने के लिए अन्धे ही मिले।"

पिता-पुत्र का यह वाक्-युद्ध हम माँ, बेटी असहाय भाव से देख रहे थे।

''उन्होंने कितनों का उपकार किया है, मालूम?'' पापा ने एक तर्क चुना। उनके बैठके की मण्डली और दूसरों ने उन्हें शान्त कराना चाहा, "आप ही चुप हो जाइए, वह तो अभी बच्चा है!"

पापा हतप्रभ थे। सबके सामने उनका अपना ही बेटा उनकी किरकिरी कर रहा था। छोटू ने जरा भी रहम नहीं किया अपने हारते बाप पर, "कान खोलकर सुन लीजिए पापा, मेरी बहन की जिन्दगी ऐसी किसी तोप की मर्जी से नहीं, उसकी अपनी मर्जी से चलेगी।"

"मुझसे बहस मत करो। मेरा बी.पी. हाई हो रहा है। मुझे जिन्दा देखना चाहते हो तो परिवार के भले के लिए मैं जो करने जा रहा हूँ, उसमें विघ्न न डालो और अपना यह मनहूस थोबड़ा लेकर चले जाओ यहाँ से।" कहते-कहते वे भहरा पड़े जमीन पर। यह ब्रह्मास्त्र था। अपने थोड़े-से सामान लेकर चला गया छोटू, बाद में उसी दिन उसका एक पत्र मिला, ''मुझे देखते ही पापा का ब्लड-प्रेशर हाई हो जाता है। पापा जिन्दा रहें, सो मैं चला आया। मुझे लग रहा था कि और कोई साथ दे, न दे, मेरी दीदी जरूर मेरा साथ देगी लेकिन नहीं।..."

पत्र का पढ़ना मैंने रोक दिया। जोरों की रुलाई आयी, "मेरी समझ कुछ नहीं आता कि मैं क्या करूँ। सारा बबाल मुझी को लेकर है। मैं जनम लेते ही मर क्यों न गयी!"

लिखकर भेज दिया छोटू को। दूसरे दिन सुबह जवाब भी आ गया, "एक

अकेले तुम्हारे या हमारे मर जाने से क्या होगा? ये तमाम पोंगापंथी रोज ही जहर उगलते रहते हैं। धर्म और कर्मकाण्ड के नाम पर ये तमाम बेहूदगियाँ हैं इनके पास। भरमाने के लिए पाप-पुण्य, भाग्य-भगवान, परलोक, चमत्कार, अपनी श्रेष्ठता, दूसरे की हीनता...पचासों भरम, पचासों तिकड़में... तुम पूछ भी नहीं सकती कि ऐसा क्यों है और वैसा क्यों नहीं।"

कितनी जल्दी बड़ा हो गया था मेरा भाई! पता नहीं, वह यह सब खुद लिखता था या किसी से लिखवाता था! सुनते हैं, 'ज्ञान-विज्ञान जत्था' या 'अन्धश्रद्धा उन्मूलन' जैसी किसी संस्था से जुड़ गया है। साइन्स में टॉप करने वाला भइया, मोटी तनख्वाह पर साइंटिस्ट परिवार की नाक भइया ने तो कभी कोई प्रतिवाद न किया। अभी भी आफिस नहा-धोकर पूजा-पाठ कर के ही जाता है। आज्ञाकारी बालक! तमगे ही तमगे। छोटू पर तो कलंक ही कलंक थे।

लेकिन मुझे भाइयों की भूमिका को परे कर फिलवक्त अपनी ही भूमिका पर गौर करनी चाहिए। मुझे लगता मेरी देह, आत्मा, मन पर कोई गलीज-सी चीज आ चस्पां हुई है। कुत्ते से ब्याह! छी! मम्मी ने समझाया,

"अरे वो कुछ नहीं। खेल है खेल। एक टोटका भर! छोटू कुछ समझता नहीं। कहीं आदमी से कुत्ते का ब्याह हुआ है?... और मैं अपने जीते जी यह अन्याय तुझ पर होने दूँगी?"

अन्त में वही ब्रह्मास्त्र, "तेरे पापा का हाई ब्लड प्रेशर है। कहीं कुछ...!" और मैंने हथियार डाल दिये।

मन फिर भी शान्त न हुआ। कानों में कभी छोटू, कभी मम्मी, कभी पापा, कभी टामी की कूँ-कूँ सुनाई देने लगती।

इधर पापा जल्दी से जल्दी इस अनुष्ठान को पूरा कर डालना चाहते थे। बरामदे के एक कोने में 'महामृत्युंजय मन्त्र' का जाप करने लगे चार-चार ब्राह्मण। घर में न भइया था, न छोटू, फिर भी मुझे लगता, दुनिया की आबादी बहुत बढ़ गयी है। बेतहाशा भीड़ है, बेतहाशा शोर और मेरा वजूद गुम होता जा रहा है इसमें। घण्टे-घड़ियाल, अबूझ मन्त्र-तन्त्र! मन करता घर से निकल भागूँ और भागती ही चली जाऊँ। पृथ्वी के इस छोर से उस छोर तक!

इसी भीड़ में छोटू की चिट्ठी... 'दम साधे रहना दीदी। यह सब बेहद शर्मनाक और तुम्हारे वजूद के प्रति अपमान है। घबराना नहीं। इस लड़ाई में तुम अकेली नहीं हो। हमारे जत्थे में कई लड़के-लड़कियाँ हैं। मजे की बात उनमें कई मंगले और मंगली भी हैं, कई अभुक्त मूल नक्षत्र और दूसरे दोषवाले। या तो आदमी को कुत्ता बनाने वाले ये ज्योतिषी रहेंगे या हम। एक युवक तो आज और अभी तुमसे विवाह करने को तैयार है, अगर तुम चाहो। भइया के सेमिनार से लौटते ही हम सब मिलते हैं।''

काश छोटू ने जो चाहा था, वही हुआ होता!

घर में कितने तो लोग आने लगे थे और सब के पास उनका सुगर कोटेड उपदेश–

“बेटा तो कुलांगार निकला, लेकिन बेटी ने लाज रख ली–भगवान ऐसी बेटी सबको दें।”

“यथा धर्म, तथा जय!”

जो भी आता धर्म और बेटी के कर्तव्य की दुहाई देता। जो भी आता, मेरी ऐसी प्रशंसा करता कि मुझे लगता, मैं कोई साधारण बेटी नहीं। किसी महान कार्य के लिए ही भगवान ने मुझे भेजा है इस धरा पर।

कान में रह-रहकर जैकारे के साथ घण्टे-घड़ियाल-शंख की आवाजें। कहीं पढ़ा था, शायद छोटू की दी हुई आर्टिकिल थी–विधवा औरतों को सती दाह के समय ऐसा ही समा बाँधा जाता, उसे अफीम खिलायी जाती, उसकी चीख को बाजे-गाजे और शोर में दबा दिया जाता, वह नीम बेहोशी में पति की लाश के साथ चिता पर जिन्दा जल मरती। बिजली-सी कौंध कर बुझ गयी वह सटकार!

जब तक छोटू आता, टामी के साथ हुए विवाह की खबर हर सूचना पट्ट पर झूल रही थी। जुबानों और दीवारों पर ही नहीं, सोशल मीडिया पर भी, द्वार पर तमाशबीनों की भीड़। जाने कहाँ से छोटू प्रकट हो गया। उसने मुझे पकड़ लिया, मेरी आँखों में क्षोभ से ताका, फिर एक चुटका थमा दिया मेरे हाथ में–''क्यों दीदी, मेरी एक प्रार्थना तक न सुन सकीं? मैंने क्या कहा था–दम साधे रहना, मैं तुम्हारे साथ हूँ, मैं नहीं हम! तुम्हें हमारी बात पर यकीन न था?''

विवाह के लाल जोड़े और सिर से पाँव तक गहनों से सजी बहन पर धिक्कार बरस रहे थे। मैं दोनों हथेलियों से मुँह ढककर फफक पड़ी।

पत्रकारों के प्रश्नों का उत्तर देते-देते छोटू की आँखें लाल हो चली थीं– लाल और आँसुओं से लबालब! होंठ फड़क रहे थे और हमेशा की तरह बीच-बीच में रुँधता गला। पत्रकारों के प्रश्न का जवाब वह चुटके पर लिखकर दे रहा था–

''हम क्यों भूल जाते हैं कि फिल्म, क्रिकेट, बिजनेस जगत के ज्यादातर सेलीब्रेटीज छिछले होते हैं, इनकी समझ एक मामूली आदमी से भी गयी बीती होती है, ये सोसायटी के सायलेंट किलर्स हैं और हमारा समाज एक सुइसाइडल स्क्वैड!''
''और आपका मीडिया क्या कम बड़ा क्रिमिनल है!” छोटू के साथ आये ज्ञान-विज्ञान जत्थे या अन्धश्रद्धा उन्मूलन वाली संस्था के एक दुबले-पतले लड़के ने कहा।

“कैसे?”

“हिंग्स-बोसोन को ईश्वर से जोड़कर गॉड पार्टिकल किसने बनाया? आपने! जबकि हिंग्स-बोसन पार्टिकल का गॉड से कोई लेना देना है ही नहीं।”

“रावण की ममी इन्हीं लोगों ने खोज निकाली थी। समाज के माइंड सेट को

विज्ञान-मुखी बनने ही नहीं दिया मीडिया ने।" यह दूसरा युवक था।

मैं नहीं जानती कि उन युवकों से पण्डों-पुजारियों या भीड़ ने कोई मारपीट की थी, या वे स्वयं चले गये थे। मम्मी ने मुझे मेरे कमरे में ठेल कर बन्द कर दिया था। सब कुछ खौल रहा था—बाहर भी, अन्दर भी। मेरा सेलफोन छीन लिया गया। किसी से मिलने-जुलने पर पाबन्दी लगा दी गयी। हालाँकि भइया और छोटू तथा महाबीर काका की अनुपस्थिति में मुझे ही टामी को बाहर-भीतर लेकर जाना, नहलाने-धुलाने, खिलाने-पिलाने का खयाल रखना होता। मेरा सान्निध्य पाते ही 'कूँ-कूँ' करते हुए पूँछ डुलाते अपनी पिछली दोनों टाँगों पर खड़े होकर वह लाड़ में मुझे पाँव से लेकर सिर तक चाटता, सूँघता। दूध देती तो चपर-चपर पीता होता। यह सब पहले की तरह पर मुझे विशेष क्यों लगता, मैं उसे पुकारती टॉमी!

"टामी नहीं स्वामी!"

"कौन?" मैं पीछे मुड़कर देखती। कोई न होता सिर्फ शब्द ध्वनित-प्रतिध्वलित होते रहते कुछ देर तक।

मैं छुप-छुपकर उसे देखती, 'स्वामी...?'

'स्वामी-स्वामी जनम-जनम के स्वामी मेरे,

किन्तु कहाँ वे अहोरात्रि वे साँझ-सबेरे!' साकेत की प्रिय पंक्ति! अब तक सुनी गयी कथाओं, जुड़ी हुई आस्थाओं के तार जुड़ते जाते। मैं देखती रहती। जो कुछ भी हो रहा था, उसे भूल पाना भी मुश्किल था, याद करना भी तकलीफदेह! मैं टामी को वाच कर रही होती, मम्मी-पापा मुझे।

उन्हीं तनाव भरे तपते दिनों में आ गये एग्जाम्स। लड़के-लड़कियों के आकर्षण का सबसे बड़ा केन्द्र मैं...और मेरा आकर्षण मेरी माँग। सिन्दूर टटोलती और सुने हुए को यकीन में बदलती आँखें...! और घर लौटी तो...?

टॉमी मेरा स्वागत करने को ऐन गेट पर खड़ा था। मुझे देखते ही भौंकते और लाड़ जताते हुए वह उछल-कूद करने लगा। न गले में पट्टा था, न चेन। महावीर काका दौड़े हुए आये—"इसे छूना नहीं, छूना नहीं गुड़िया बेबी जी। अभी इसने एक चूहा मारकर खाया है और पता नहीं, कहाँ-कहाँ मुँह मारता रहा है।"

"लेकिन इसे खुला छोड़ा किसने?"

"बाबूजी ने! इसे मारकर भगा दिया गया है। अब यह घर में नहीं रहेगा।"

उदास हो गयी। अन्दर आयी। मेरे पीछे-पीछे टामी ने भी आना चाहा, मेन गेट का फाटक बन्द कर उसे दुरदुरा दिया गया। मम्मी ने हल्के से इशारे-इशारे में पूछा तो महावीर काका ने बताया कि गेट के फाटक पर पंजों पर मुँह मारकर बैठा है। वे ले जाकर दो रोटियाँ भी दे आये उसे। देर रात उसी के बारे में सोचते-सोचते सो गयी। अचानक लगा, बहुत-से कुत्ते एक साथ रोने लगे हैं। वह टामी और उसके वर्ग की सामूहिक फरियाद थी।

धीरे-धीरे रोटियाँ भी कम कर दी गयीं। मेरे कॉलेज से आने पर अब भी वह आता, लाड़ जताता, मगर उसे मेरे पास न फटकने दिया जाता। वह जहाँ-तहाँ गन्दगी में मुँह मारता, दूसरे कुत्तों से लड़ता, लोगो से पिटता। एक दिन पीछे से किसी ने तंज कसा, "यूँ जा रहे हैं जैसे हमे जानते नहीं, मतलब निकल गया है तो पहचानते नहीं..."

पापा के कहने पर महाबीर काका उसे नदी पार करा आये। तड़ी पार! तीन किलोमीटर दूर—वह जहाँ चाहे जाये, जहन्नुम में या कहीं भी...बस हमारे आस-पास दिखना नहीं चाहिए। नदी क इस पार श्मशान था, उस पार गाँव-गिराँव।

अजीब ढीठ था टामी। बाहर निकाला गया तो वह चोर दरवाजे से मेरे सपनों में घुस आया। पूँछ डुलाते, कूँ-कूँ करते, लाड़ जताते वह मुझे नीचे से ऊपर तक चूमने-चाटने लगा जैसे कितने दिन बाद मिला हो। मैं उसे जितना ही हटाती, वह मुझसे उतना ही चिपकता जाता। कभी उसका पूरा शरीर टामी का होता और मुँह आदमी का। कभी पूरा शरीर आदमी का और मुँह टामी का। कभी कुत्ते की बोली बोलता, कभी आदमी की, हालाँकि जबान स्पष्ट न हो पाती। मैं जितना ही उसे भूलने की कोशिश करती, वह उतना ही मुझे घेरे रहता।

मुझे सतियों की महान परम्परा याद आती। बचपन से ही सुनती और पढ़ती रही थी। पति चाहे जैसा भी हो—काना, कुब्जा, लूला-लँगड़ा, व्यभिचारी, पत्नी की एकनिष्ठता ही धर्म है। पतिव्रता नारियाँ दोनों कुलों का उद्धार करती हैं। कितनी-कितनी असम्भव-सी कहानियाँ याद आतीं। उन्हीं में पली-बढ़ी थी। क्या बिल्कुल बेजा थीं टामी की हरकतें? मुझे क्यों लगने लगता कि मैं स्वयं सतियों की गौरवशाली परम्परा का अंग हूँ और जो कुछ भी मेरे साथ हुआ या हो रहा है, वह मेरी परीक्षा है। कभी-कभी गुदगुदी लगती, क्या पता पिछले जन्म का राजकुमार हो टामी। किसी दिन अपने सही रूप में आ जाये। कोई ऋषि, मुनि या फकीर प्रकट हो और किसी पवित्र जल को छिड़क दे तो...। पति होने के नाते कुछ तो अधिकार बनता है उसका मुझ पर।...और मैं उसे आलिंगन में भर लेती।

लगता, ऐसा करते ही वह सपनों के बाहर आ खड़ा होता, मेरे दरवाजे खुल जाते, वह जब तक चाहता, बाहर रहता, जब चाहता भीतर आ जाता। वह आठवाँ दिन था। नदी पार कर, श्मशान भूमि को लाँघता वह मेरे सामने पूँछ डुलाते हुए आ खड़ा हुआ। उसके बदन पर नोचने-काटने के छोटे-बड़े जख्म थे। एक कान झूल रहा था आधे पर से। सफेद रोओं पर धब्बे ही धब्बे थे—कुछ गन्दगी के, कुछ खून के।

कालोनी के कुछ लोगों ने बोली बोलना शुरू किया, "देख, देख लौट आया है गुड़िया का हस्बैंड!" मम्मी सब्र न कर पायीं। उलझ गयीं। बाहर कुत्तों का शोर था, अन्दर कालोनी वालों का। वहाँ अकेला टामी बाहर के कुत्तों से लड़ रहा था,

यहाँ अकेली मम्मी...। कल तक उस कर्मकाण्ड के लिए मेरी दाद देने वाले भी ढीठ होकर बोली बोलने लगे थे। राह चलते मेरे सहपाठी और सहेलियाँ भी मजे लेने लगी थीं। एक दिन किसी कुतिया के साथ अश्लील मुद्रा में था टामी। कोई फिकरा आकर मुझे डंक मार गया—"बेबफा सनम!"

...और जिस दिन टामी सड़क की बगल में कुत्ते की मौत मरा...या मार दिया गया...? पूरी कहानी पर खून पसर गया! उफ क्या दर्दनाक दृश्य था—कुचला हुआ मुँह, बिखरे हुए दाँत, निकली हुई जीभ, विदीर्ण देह, खून से सनी हुई! मुझे सुना कर कहा गया, "पति को गोद में लेकर सती होते हैं न?"

इग्नोर करना चाहा, न कर पायी। अन्तरात्मा ने धिक्कारा—कर क्या रही हो? यह जो सड़क के किनारे दयनीय भाव से मरा पड़ा है, कुछ भी नहीं लगता तुम्हारा? कुछ भी नहीं? इसका यही गाढ़ा खून सिन्दूर बनकर चमक रहा है तुम्हारी माँग में। भले जाकर धो दो, पोंछ दो पर तुम क्या, ब्रह्मा भी नहीं मिटा सकते उसे। भूल से भी एक बार मान लिया तो हो गया। प्रतीक के रूप में भी देखो तो पुरुष था तुम्हारा! नहीं? अपने पुरखों और ऋषि-मुनियों ने यूँ ही तो नहीं बाँधी हैं मर्यादा की लक्ष्मण रेखाएँ! अपना ही क्यों, सभी धर्म एक जैसा क्यों सोचते हैं! गुस्से या मजाक में भी तीन बार तलाक कह दिया तो हो गया तलाक! नहीं? धर्म गुरुओं ने जो नियम कायदे बना दिये, बना दिये। तोड़कर दिखाएँ बड़े-बड़े सूरमा! राजा हरिश्चन्द्र ने सपने में ही दान दिया था, छोड़ना पड़ा सब कुछ कि नहीं? वोमेन आर एपिस्टल ऑफ लव, सैक्रिफाइस एंड सैंक्टिटी! मुझे कितनी ही साध्वियों और धर्माचार्यों के प्रवचन याद आये—एक पल को सोचो, अगर तुम्हारा पति मनुष्य से शापवश श्वान बन जाता तो तुम क्या करती? उसे छोड़ देती?

"नहींऽऽऽ!" मैंने कानों में उँगली डाल ली।

नहीं तो क्या धर्मशास्त्र झूठे हैं, मन्त्र झूठे थे? अनुष्ठान झूठे थे? माँग का सिन्दूर झूठा था?

तो...? धर्म से बड़ा कुछ नहीं होता। मैं अपने धर्म से भाग नहीं सकती। जलना होगा तो पति के साथ जलूँगी। सत पर रही तो कोई न कोई चमत्कार होकर रहेगा!

रिक्शे को रोककर मैंने खुद से पूछा—बोलो, क्या मंजूर है, एक दिन जलकर माँ-बाप धर्म का नाम रोशन करना या जिन्दगी भर धुआँ-धुआँ कर जलते रहना पश्चाताप और अभिशाप की ज्वाला में?

यहीं प्रॉमिनेंट होने लगा कहानी का तीसरा आयाम—थ्री-डी। मैं अजीब उद्विग्नता में समाती गयी। कोई भँवर थी जो मुझे निगलती जा रही थी। कैसे-कैसे घर आयी, कुछ पता नहीं, अब मैं सचमुच का वह सब देखने लगी, जो होने वाला था...जैसे सचमुच ही कोई चिता हो। ढोल-नगाड़े, घण्टे-घड़ियाल बज रहे हैं। मुझे कोई अफीम-सी

पिलायी गयी। जैकारों के बीच जौहर के बाने में चली जा रही हूँ अपने कन्धों पर गत और अनागत की धर्म-रक्षा का सारा दायित्व लिए हुए—सतियों की महान परम्परा की सबसे बड़ी सती। पीठ पर मेरे दुपट्टे में बँधी टामी की लाश कराहती हुई—"मेरे साथ यह भद्दा मजाक क्यों किया गया? प्यार और दुलार का मारा था मैं—बस यही मेरा अपराध है? प्यार और दुलार का नाटक करने की क्या जरूरत थी? मैं जैसा था, था। तुम तो स्वयं को सृष्टि की अन्यतम कृति मानती हो।"

मैं हँसी—'कहीं लाश भी कराहती है।' मन में कौंधा—समझ गयी, समझ गयी। देवतागण मेरी परीक्षा ले रहे हैं।

"गुड़िया दीदी! गुड़िया दीदी!" अचानक मुझे लगा, मुझे पीछे से किसी ने पुकारा है? कौन? अरे यह तो मेरा छोटू है—जगह-जगह पट्टियाँ बँधी हुई, खूब मारा-पीटा गया हो उसे जैसे। साथ ले लूँ? नहीं। यह सफर मुझे अकेले तय करना है। तुम साथ रहे तो मुझे मरने नहीं दोगे। मुझ मनहूस के लिए कितनी प्रताड़ना सही तुमने! मैंने धर्म की राह चुन ली है। क्षमा करना। फिर किसी जनम में तुम्हारा कर्ज उतार दूँगी।

सीधे श्मशान घाट पहुँची। आगे कोई चिता जल रही थी। उसके आगे नदी थी। आग और पानी! दाह और शीतलता! इस पार और उस पार! बैठ गयी हूँ टामी को लेकर जलती चिता पर। मृत्यु भी एक रोमांस है!

हाय राम! लगता है, शहर को मेरे यहाँ आने की खबर हो गयी है। ढोल-नगाड़े की आवाजें आने लगी हैं। छोटू ने बताया होगा, गुड़िया सती हो रही हैं। कौन गुड़िया? अरे वही जिसका कुत्ते से ब्याह हुआ था। श्वान पति की लाश के साथ सती हो रही है। सतियों की महान परम्परा की सबसे महान सती! बिन पैसे का तमाशा। सती मैया की जै! सती मैया की जै! मम्मी-पापा की प्रसन्न आँखें—शाबाश बेटी! सारे अनुरोध, सारी चीखें, सारे जैकारे चिता में चर्र-चर्र जले जा रहे हैं मेरे साथ-साथ। मेरे सतीत्व के तेज़ से अग्नि शीतल हो गयी है। ऊपर से देवतागण पुष्प वृष्टि कर रहे हैं, भक्त-प्राण जन चिता की परिक्रमा करते नाच रहे हैं। श्मशान के हजारों कापालिक, हजारों भूत-प्रेत, शाकिनी-डाकिनी का नृत्य! घायल लकड़बग्घे-सा चहल कदमी करता भइया सन्न रह गया है। पुलिस के जवान, पार्टियों के मस्तान, धर्म प्राण सेठ-अफसर, बिल्डर, ठेकेदार हाथ जोड़े खड़े हैं।

यह आपबीती लिखने के बाद कलम रख दी है। धर्म की राह मुझे पुकार रही है।

एक अन्तराल के बाद बोल कर लिखवा रही हूँ। पचास परसेंट बर्न। बहुत कुछ वैसा ही हुआ, जैसा मैंने सोचा था। सिवाय चन्द बातों के।

मम्मी-पापा मेरे इस कृत्य से गौरवान्वित नहीं हुए अपितु छाती पीट-पीट कर

रो रहे थे—नहीं बेटी नहीं। मेरे सतीत्व के तेज से कोई ज्वाला शीतल न हुई, अपितु पहली छुअन से ही मैं प्राण बचाने को भागने का यत्न करने लगी। मुझ जैसी महासती के दाह पर किसी भी देवता ने फूल नहीं बरसाये। यह सही है कि प्रणाम और परिक्रमा कर पुण्य लूटने में मन्त्री से लेकर मस्तान, पुलिस के जवान, बहुतेरे लोग शामिल थे पर बाद में सब मुकर गये। मुझे चिता से निकालने छोटू और उसके साथियों को छोड़कर कोई न आया। मेरा बहादुर जटायू भाई। बचे न शायद—न वह, न मैं। ये हत्यारे तब भी जिन्दा रहेंगे--शान से। सिवाय कुछ तात्कालिक गलदश्रुता के कुछ नहीं होगा। टामी मुँह बिरा रहा था।

कुछ सनकी मीडियाकर्मी विशिष्ट लोगों से सवाल कर रहे हैं—

"जो देश मंगलग्रह पर जा रहा है, उसी देश में मंगली के ग्रहदोष और ऐसे कितने अनुष्ठान हो रहे हैं—आप इधर भी शामिल रहे, उधर भी, ऐसा क्यों? आपका कौन-सा रूप सच है?"

"गुड़िया को गूँगी किसने बनाया? उसके मम्मी-पापा और इस पूरे समाज की ऐसी निर्मिति के पीछे कौन है? कौन बना रहा है धर्म को मजाक और मजाक को धर्म?"

छोटू का एक बयान है—''ये तमाम सेलीब्रेटीज, ये धर्माचार्य, से समाज और राष्ट्र के चौधरी, देखकर भी अनदेखा करने वाले, ये बिके हुए मीडिया के लोग, ये मजे लेने वाले क्यों भूल जाते हैं कि आमजन उन्हीं सेलीब्रेटीज से प्रेरणा ग्रहण करता है और प्रभावित होता है, अतः वे भी इन मौतों के जिम्मेवार हैं—और उन सेलीब्रेटीज को सिर चढ़ाने वाले आप भी... गैरइरादतन हत्या के हत्यारे।''

यह था मेरे हकला भाई छोटू का बयान, गला घोंटने की हरचन्द साजिश के विरुद्ध एक चीख। जातीय विवेक की नियति!

कहाँ मैंने 4-डी फिल्म दिखाने का वादा किया था, कहाँ सायलेण्ट मूवी के युग में ले आयी। माफ करेंगे। सोचा था कहानी का 'द एण्ड' बदल जाये—नहीं मरे कोई। लेकिन नहीं बदल पायी।

और हाँ, 4-डी में दृश्यों की बू तक आती है। किन्हीं इनसानी जिस्मों के जलने की बू नहीं मिली आपको? अरे! औरत और निर्दोष तो सदियों से जलाये जाते रहे हैं। कैसी नाक है आपकी जिसे ऊँची रखने की कोशिश में आप मरे जा रहे हैं पर जिसकी घ्राण शक्ति ही नहीं है।

❑❑